很少有文体能像科幻作品这样既有文学性，又有科学的想象力。科幻能帮助孩子们建立起理性思维，培养孩子的想象力，留住孩子的好奇心。创作出让孩子能看得懂的少年科幻作品，是我一直坚持的目标。

杨鹏

"伽利略号"向上冲了出去……

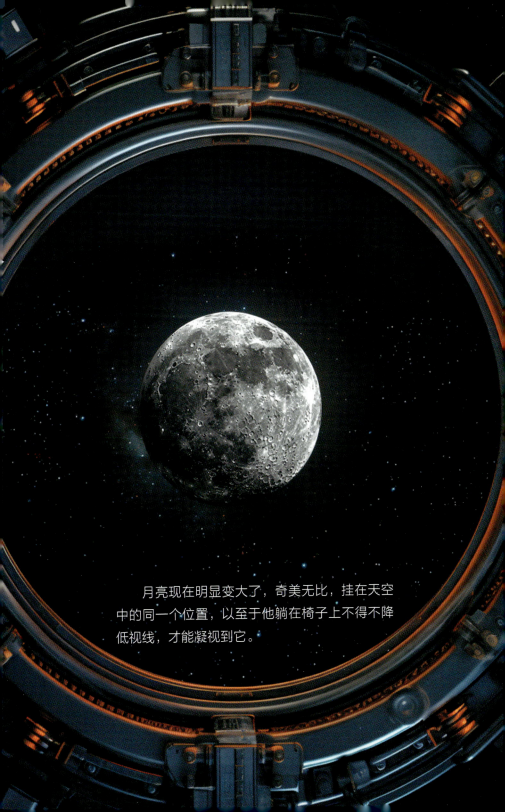

月亮现在明显变大了，奇美无比，挂在天空中的同一个位置，以至于他躺在椅子上不得不降低视线，才能凝视到它。

他们身处一个陨石坑内，这很明显，因为四周环绕着一座座小山。
它是一颗原子弹的弹坑吗？

在"伽利略号"停泊的地方出现了一道闪光，这是一次完全无声的爆炸，紧接着一团烟尘在真空中迅速消散。

莫里小心翼翼地让飞船下降，慢慢地把它送入大气层外的一个近地圆形轨道。他们的速度仍然接近 8000 米每秒……

希望所有的孩子，
在领略科幻小说的大气磅礴后，
对世界永葆一颗单纯的少年之心。

给少年的科幻经典

Rocket Ship Galileo

"伽利略号"火箭飞船

[美]罗伯特·海因莱因　著

郑扬眉　译

APTIME
时代出版
时代出版传媒股份有限公司
安徽科学技术出版社

［皖］版贸登记号：12242144

图书在版编目（CIP）数据

"伽利略号"火箭飞船 /（美）罗伯特·海因莱因著；
郑扬眉译. -- 合肥：安徽科学技术出版社，2024. 9.
（给少年的科幻经典）. -- ISBN 978-7-5337-8727-1

Ⅰ. I712.84

中国国家版本馆 CIP 数据核字第 2024FN0067 号

"伽利略号"火箭飞船
JIALILÜEHAO HUOJIAN FEICHUAN

［美］罗伯特·海因莱因　著
郑扬眉　译

出 版 人：王筱文	选题策划：高清艳　李梦婷	责任编辑：程羽君
特约编辑：陈 奇	责任校对：程 苗	责任印制：廖小青
封面设计：陈忆航		

出版发行：安徽科学技术出版社　　　　http://www.ahstp.net
　　　　　（合肥市政务文化新区翡翠路 1118 号出版传媒广场，邮编：230071）
　　　　　电话：（0551）63533330

印　　制：安徽新华印刷股份有限公司　电话：（0551）65859551
（如发现印装质量问题，影响阅读，请与印刷厂商联系调换）

开　本：635×900　1/16　　印张：16　　插页4　　字数：164 千
版　次：2024 年 9 月第 1 版　　　　2024 年 9 月第 1 次印刷

ISBN 978-7-5337-8727-1　　　　　　　　　　　　定价：35.00 元

打开少年科幻阅读之门

杨鹏

少年科幻作品的创作，一直存在着两种创作本位，即"儿童本位"与"成人本位"。虽然作者在创作时，未必能意识到这一点，但不同的创作本位，在看到的世界图像、展现的精神图景、表现的语言状态、展示的文本形态等方面，都是不一样的。

"儿童本位"是指作者始终站在少儿受众的本位去创作少年科幻作品。在他们的眼中，少儿和成年人一样，是完整、独立的，和成年人完全平等（甚至是更加聪明、具有后喻文化优势、不需要成年人去训诫的"人"）。他们从少儿作为"人"在这一时期的心理特点、兴趣爱好、知识需求、理解能力、阅读期待、与成年人及世界的关系等方面进行创作。作者的态度是防御性的，他们认为少儿的想象力和优秀品质是与生俱来的，成年人的某些僵化的思维与陋习会对孩子的童年和想象力造成损害，因此他们需要不遗余力地保护孩子的童年与想象力。这类作者是少年和儿童的代言人。他们在创作作品时，虽然不能完全放弃其作为成年人的一些特质，如成年人的世界观、价值观等，但他们是在有意识的状态下最大限度地舍弃了其成年人的角色，返回了童年。其实，许多作家内心深处的某一部分从未长大，永远停留在童年或者少年时期的某个阶段，所以他们清晰地记得自己在那个阶段的爱好、需求、对语言的感受、对成年人的看法、对世界的判断，以及什么样的科幻作品最能引起他们的兴趣。因此，他们不需要俯身去迁就少儿读者，只需要按照内心深处那个永远长不大的孩子的眼光、爱好、需求去创作，就能轻而易举地写出俘获少儿读者的科幻小说。

"成人本位"则是以创作者个人的成年人角色为本位去创作少年科幻作品。这一类作家在创作时会坚守自己的成年人视角、思维和理念。在他们的眼中，少儿是"不完整的人"，需要他们用科幻小说去潜移默化地植入正确的科学知识、科学理念、科学方法、科学思维，需要他们用代表人类先进文化、具有前瞻性的科幻小说为武器去抵御外来不良文化和愚昧思想的入侵。他们坚信只有这样，少儿在成长中才不会误入歧途，才能拥有正确的价值观，才能成长为优秀的"人"。这类作者认为他们是少年和儿童的教育者，他们也在保护着少年和儿童。不过，"儿童本位"作家抵御的对象是所有长大的成年人，而"成人本位"作家抵御的对象是与他们世界观不一样的成年人。这类作者在创作少年科幻小说时会俯下身去模仿儿童。他们中的大多数完整地度过了自己的童年，基本上没有童年创伤，但他们的童年经验是模糊、不完整的，甚至是缺失的。他们的创作经验多是来自创作成人科幻小说的经验。他们只是将主人公或主要角色转换成少年或儿童，运用他们心目中的儿童语言去为少年和儿童创作。他们在讲科学原理时，只不过是采用了更加浅显的讲述方式，在创作心态上始终高于儿童。

此外，对于未成年人来说，不同的年龄阶段对作品的需求是不一样的。孩子的年龄越小，在成长过程中阅读作品的形态变化就越大。即使到了小学阶段，低年级的孩子与中高年级的孩子阅读作品的形态也是完全不同的。上初中后，阅读作品的形态逐渐稳定下来，初中生和高中生阅读的作品只是知识和语言难度上的区别。由于这个原因，少年科幻作品在文本形态，如人物塑造、语言结构、故事性、知识程度等方面都是不同的，需要细分。"儿童本位"的作者在为小学阶段的孩子创作作品上更具优势，因为他们内心深处的某一部分仍然停留在这一阶段，深谙这一阶段孩子的心理特点、阅读期待和语言习惯。"成人本位"的作者在创作适合中学阶段读者的作品方面更具优势，因为这个年龄段的青少年阅读的作品与成年人的作品已十分相近，没有阅读壁垒和阅读障碍，心理认同上也更趋向于成年人。

"儿童本位"和"成人本位"在创作上没有高下之分。好的作品都是孩子的良师益友。

本丛书收集了中外科幻小说名家专门为孩子创作的优秀少年科幻小说。这些作品同样可以用"儿童本位"和"成人本位"来区分。了解两种不同的创作本位，我们就得到了打开少年科幻阅读之门的一把钥匙。

目 录

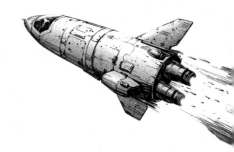

第一章
发射测试

"大家都就位了吗？"男孩罗斯·詹金斯紧张地瞄了一眼他的两个哥们，"你的相机怎么样，阿特？这次镜头盖确定打开了吗？"

三个男孩挤在一起，靠在一堵长约3米、高过头顶的混凝土厚墙上。墙的另一边是一个锚定在地面上的钢架，钢架上用螺栓固定着一个黑色金属制成的尖头炮弹状的东西，外形丑陋又可怕。这是一枚火箭，火箭的几个侧面上都有一些配件，可以用来安装短翼，但现在都空着。这个东西用链子固定着，为的是进行科学测试。

"怎么样啊，阿特？"罗斯又问了一遍。被他点了名的男孩挺直了一米六的身躯，面对着他。

"听着，"阿特·米勒回答，"我当然把镜头盖取下来了，它在我的核对清单上呢！你还是操心你的火箭吧，上次它可是连火都没点着，白白浪费了我6米多长的胶卷。"

"可之前那次你就是忘记了呀！行了，行了，你的灯光怎么样了？"

作为回应，阿特打开了聚光灯。一束束光笔直地照向上方，经几个高度抛光的不锈钢镜子一反射，照亮了模型火箭和那个测试时防止火箭升空的架子。另一个男孩莫里斯·艾布拉姆斯透过一个潜望镜盯着现场。借助潜望镜，他们能够看到将他们与火箭测试架隔开的混凝土墙的另一边。

"漂亮得像幅画似的。"他的声音难掩兴奋，"罗斯，你真觉得我们要找的就是这种混合燃料吗？"

罗斯耸了耸肩："我不知道。实验室的测试过程看着倒挺好。很快我们就能知道结果了。好了，大伙儿各就各位！清单核对好了吗，阿特？"

"完毕。"

"莫里①？"

"完毕。"

"我的任务也完成了。各就各位！我要进行倒计时了。开始！"他开始了火箭发射前的读秒："十、九、八、七、六、五、四……"阿特舔了一下嘴唇，开启了摄影机。"三！二！一！启动！"

"让它咆哮吧！"莫里喊道。他的声音淹没在火箭喷出废气时发出的震耳欲聋的响声中。

火箭第一次点火时，轰鸣着的火箭喷气口喷出许多黑烟，一直喷到火箭试验台后面6米外的土坡处，狭小的空地上弥漫着呛人的烟雾。罗斯不满地摇了摇头，调整了一下手中的控制

---

①莫里斯的昵称。

装置。烟雾消散，透过面前的潜望镜，他可以看到混凝土墙另一边的火箭尾气。尾气消散后，火焰变得几近透明，只剩下偶尔迸出的火花。他甚至可以透过火焰看到树木和地面。树影还有些模糊，但尾气的烟雾已经退散了。

"测力计的读数怎样？"他冲莫里喊道，眼睛却没有离开潜望镜。

莫里通过一副观看歌剧用的小型双筒望远镜和他自己的潜望镜，察看着安装在测试台上的仪器读数。"我看不到！"他喊道，"可以了，等一下。52，不，是152。这是第二次了。152，153，154。罗斯，你成功了！成功了！这推力是我们之前达到的最强推力的两倍多。"

埋头调整摄影机的阿特抬起头来。他对一台镜头焦距为8毫米的商用摄影机做了些改进，现在它可以装下更多胶卷，这样就能拍下测试的全过程。他的改装成功了，机器却时不时地出点问题，全程都需要盯着。"还有多少时间？"他问道。

"17秒，"罗斯冲他喊道，"预备——我要让它干活啦！"他把节流阀监控器的阀门扭到右边，节流阀大开。

回应他的是火箭发出的声音，先是低沉的咆哮声，然后声调提高，超出了人耳能够感知的音域。它的咆哮声中带着威胁的意味。

罗斯抬起头来，看到莫里从潜望镜边退开，爬上了一个箱子，手里还拿着小型双筒望远镜。"莫里，快低下头！"因为喷气口发出的尖鸣声太大，男孩听不到罗斯的话，他只是一心想把火箭看得更清楚。

罗斯从控制装置边跳开，朝他扑了上去，拦腰抱住他，把他拖到安全屏障后面。他们俩一起重重地摔倒在地，然后扭打在一起。这算不上真正的打架，罗斯没有下狠手，虽然他很生气，而莫里只是感到惊讶。"到底怎么回事啊？"他缓过气来后抗议道。

"你这个疯子、傻子！"罗斯在他耳边咬牙切齿地说道，"你刚刚那是要干什么？是想让自己的脑袋被炸飞吗？"

"可我没有啊……"

但罗斯已经从地上爬了起来，回到控制台边自己的位置上。莫里的解释被湮没在火箭的咆哮声中。

"怎么回事？"阿特喊道。他没有从心爱的摄影机旁离开，一是责任使然，二是他不知道这一架该怎么站边。

听到了阿特的喊声，罗斯转身回答："这个傻瓜……"他朝莫里一指，愤然喊道："他想……"火箭的咆哮声突然转了调门，罗斯的话语被一阵仿佛要把人的骨头都震散架的爆炸声湮没了。与此同时，现场出现了一道炫目的强光，男孩们要不是躲在屏障后面，估计会被闪瞎眼睛。不过耀眼的强光还是把树木间隙中的一切照了个一清二楚，使他们的眼睛一下子就被闪花了。

大家不停地眨眼，还没有从刚刚那道恐怖的强光中回过神来，浓烟就如巨浪涌动，从屏障的外头升腾起来，将他们裹住，弄得他们咳嗽不已。

"这下好了，"罗斯直勾勾地盯着莫里，伤心地说，"那可是最后一枚'追星五号'。"

"听着，罗斯，"莫里抗议道，他的声音在诡异的静谧中听起来很刺耳，"不是我干的，我只是想要……"

"我没说是你干的，"罗斯打断了他，"我知道不是你。我已经进行了最后一次调整，火箭就是自动发射的，它只是承受不住罢了。算了。但以后你可得一直低着头才行——你刚刚差点掉了脑袋。这堵屏障就是用来保护你的。"

"可我刚刚不是想伸出脑袋，我只是想……"

"你们俩都别说了，"阿特插了一句，"我们这回又毁了一枚，可那又如何？再造一枚就是了。刚刚发生的一切，我都用这个拍下来了，"他拍了拍他的摄影机，"我们还是去看看火箭的残骸吧。"说完，他就开始绕向屏障的那头。

"等一下，"罗斯命令道。他透过潜望镜仔细地看了一眼，然后宣布道："看起来没事了，两个燃料箱都裂开了，现在不会有什么危险。注意别烧伤自己，来吧！"他们跟着罗斯向测试台走去。

火箭完全损毁了，测试台却完好无损，它能够承受住这种破坏力。阿特把注意力转向了测量火箭所产生的推力的测力计。"我得重新调校一下，"他说道，"外圈没有损坏，但刻度盘、齿条和齿轮都坏了。"

另外两个男孩没有搭理他，他们正忙着查看火箭。发动机燃烧室开裂得厉害，显然有些零件不见了。"怎么样了，罗斯？"莫里问道，"你看出是涡轮泵^①坏了，还是液体

---

①涡轮泵：火箭发动机的心脏部分。

过热了？"

"难说，"罗斯沉思着，表现出一副心不在焉的样子，自言自语道，"我觉得不是涡轮泵的问题。泵可能会堵塞，输送不了燃料，但我不明白它怎么会泵出过量的燃料——除非它是倒着泵的，那简直就是奇迹了。"

"那一定就是燃料室了。但喉管部件没事，也没有什么凹坑。"罗斯在渐浓的暮色中凝视着它，补充道。

"也许吧。那我们先把防水油布给它盖上，明天早上再来看看。在现在的天色下，什么也看不到。走吧，阿特。"

"好的。稍等一下，我先放好摄影机。"他将摄影机从支架上取下来，放进机盒里，然后帮另外两个人用防水油布遮盖所有测试设备——一张遮盖测试台，一张遮盖屏障内的控制装置、仪器和潜望镜。随后三个人转身走出空地。

空地四周有一道带刺的铁丝网，那是这片土地的所有者——罗斯的父母坚持安装的，目的是在男孩们做测试的时候，阻止四条腿和两条腿的生物闯入。它的门就在屏障后方15米的地方。

从发射测试开始以来，他们一直没空往大门的方向看——他们的注意力都在火箭上，除了地震，没有什么能打扰到他们。

罗斯和莫里走在前头，阿特紧跟在后面，当前面两人突然停住脚步时，阿特撞上了他们，差点摔了摄影机。"嘿！你们就不能看着点路吗？"他大声抗议道，"迈开你们的大脚丫啊！"

他们俩都没有应声，而是立在原地，盯着前方的地面。

"出什么事了？"阿特又说道，"你们怎么愣住了？干什么……啊！"原来，他们看到了一个大块头的男人，蜷缩在地上，一半身子在门外，一半在门内。他头上有个带血的伤口，地上也有血迹。

他们一起往前冲去，但莫里又把他们往回推，不让他们碰那个趴在地上的人。"别急！"他命令道，"别碰他。还记得你们的急救课吧？那伤口可是在头上。如果你们动了他，也许会害死他。"

"但我们得看看他是否还活着啊。"罗斯反驳道。

"我会弄清楚的。来，把那些给我。"他伸手从罗斯口袋里掏出火箭发射测试的数据表，把它们卷成一根直径约3厘米的管子，然后小心地用它的一端顶着那个一动不动的人的后背左侧，也就是心脏上方。他把耳朵贴在这个简易听诊器的另一端，专心地听着。而罗斯和阿特静静等待着，大气都不敢喘。

不一会儿，莫里紧张的脸上露出了笑容。"他的'发动机'正在运转，"他宣布道，"良好又有力。至少我们没有杀了他。"

"'我们'？"

"不然你以为是谁呢？你觉得他是怎么搞成这样的？好好看看四周，也许你能找到击中他的火箭碎片。"他挺直了腰板，"但现在别管这些了。罗斯，你赶紧回家去，打电话叫救护车来。要快！阿特和我会在这里等着……陪着他。他可能会醒过来，那时我们得让他保持冷静。"

"好的。"罗斯话音未落，人已经走开了。

阿特盯着那个昏迷的人。莫里碰了碰他的胳膊。"嘿，坐下来吧。现在吓出一身汗也没用。我们接下来的麻烦够多了。即使这家伙没有受多严重的伤，我想你也意识到了，这事大概会让伽利略俱乐部……至少是该俱乐部的火箭和大噪声分部……的活动全部完蛋。"

阿特看起来很不高兴。"可能吧。"

"别说'可能'，这是肯定的。我们把罗斯家地下室的所有窗户都炸飞的时候，他父亲就对这事很不赞成了——我倒也不怪他。现在我们又给他惹了这么个麻烦。失去这片地的使用权是我们能预料到的最起码的损失。只要不连累他被起诉、被索要赔偿，就谢天谢地了。"

阿特悻悻地表示同意。"我想我们又得回到集邮的爱好上去了。"他附和道，心思却早已飘远。与官司相比，这块地的使用权问题显得无关紧要，但眼下罗斯家这块紧邻镇子的土地的使用权对他们三个来说很重要。因为他和他的母亲住在自家店铺的后头，而莫里一家住的也只是公寓。一旦牵扯上官司，那就糟糕了！因为他家小店的收入，加上他从上初中起就在放学后打零工的收入，也只够维持他和母亲的日常生活。也许罗斯的父母能赔得起钱，但一场官司无疑会让他家失去自己的店铺。

阿特对那个受伤的男人的同情消散了，取而代之的是委屈。这个家伙跑这里来到底要干什么啊？只怕不仅仅是非法入侵这么简单，这一带可到处都竖着警告牌呢！

"让我看一眼那家伙。"阿特说道。

"别碰他。"莫里警告道。

"我不碰。你带小手电筒了吗?"空地的夜色越来越浓了。

"当然。给,接着。"

阿特拿着小手电筒,试图查看受害者的脸。很难看清,因为那人几乎整张脸朝下趴着,仅能看见的侧脸上又都是血迹。

过了一会儿,阿特用一种古怪的语气说:"莫里,要是把血迹擦掉,会伤害到他吗?"

"肯定会啊!医生没来之前,你都得让他保持现状。"

"好吧,好吧。不过其实我也不需要,现在我基本确定了。莫里,我知道他是谁。"

"你知道?是谁啊?"

"他是我舅舅。"

"你舅舅?!"

"是的,是我舅舅。你知道的,我跟你说起过的唐纳德舅舅,唐纳德·卡尔格雷福斯博士,我的'原子弹'舅舅。"

第二章

科学家舅舅

"现在我只能基本确定那是我舅舅，"阿特继续说道，"要是能看到他的整张脸，我就能完全确定了。"

"他是不是你舅舅，你不知道吗？他毕竟是你们家族的一员……"

"我舅舅上次来看望我妈之后，我就再没见过他。那是好久以前的事了，我那时还只是个孩子。这个人看着像他。"

"但他看起来没那么老啊，"莫里谨慎地说，"我觉得……救护车来了！"

确实如此。罗斯在驾驶室里给司机指路，司机骂骂咧咧，抱怨这条路根本就是罗斯想象出来的。他们一起忙活了几分钟，担心着这个陌生人的身体，但也很关注他的身份。"看起来不算太糟，"跟车的实习医生说道，"头部皮外伤比较严重，也许有脑震荡。现在把他翻过来吧，轻点，我来抱住他的头。"男人被翻过来脸朝上并被抬上担架的时候，眼睛动了一下。他呻吟着，像是努力要说点什么。医生凑上前去。

阿特对上了莫里的眼睛，他将拇指与食指碰在一起，比了个"OK"的手势。阿特已经看清了男人的脸，他的身份确定无疑。

罗斯准备爬回到救护车上，但实习医生挥挥手，示意他走开。"你们几个孩子待会都得去趟医院。我们要对此事做一份事故报告。"

救护车缓缓离开，阿特马上就对罗斯说了他的发现。罗斯看上去很吃惊："真是你的亲舅舅！但你舅舅来这儿干吗？"

"我不知道啊。我都不知道他来到了我们镇上。"

"我希望他伤得不重，况且他还是你舅舅，这个舅舅就是你跟我们说起的曾获得诺贝尔奖提名的那个科学家舅舅吗？"

"我一直都这么跟你们说的嘛。他是我舅舅，唐纳德·卡尔格雷福斯。"

"唐纳德·卡尔格雷福斯博士！"罗斯吹了声口哨，"老天！我们打中的可是位大人物，对吧？"

"这可没什么好笑的。他要是死了，我该怎么跟我妈交代呢？"

"我没笑。我们先上医院吧，去看看他伤得有多重，然后你再告诉你妈。现在告诉她也没用。"罗斯叹了一口气，"我想，我们还得把这个消息告诉我爸妈。然后我再开车把大家送到医院去。"

"你回家去打急救电话的时候没跟他们说吗？"莫里问道。

"没有。他们当时在花园里，我只顾着跑进屋打电话，然后跑到马路边上去等救护车。他们也许看到救护车驶入了车道，但我没管他们看没看到。"

"我就猜到你还没说。"

罗斯的父亲就在家里等着他们。他回应了他们的日常问候，然后说："罗斯——"

"有事吗，爸爸？"

"我听到你们常去的那个地方传来了爆炸声，然后就看到一辆救护车开进来又开走了。出什么事了？"

"呃，爸爸，事情是这样的。我们对新火箭进行了一次全功率的控制性飞行测试，然后——"他简单描述了那些事件。

罗斯的父亲詹金斯先生点点头说："我明白了。来吧，孩子们。"他朝改造后的马厩走去，那里现在停放着家里的车。

"罗斯，去跟你妈说一下我们要去哪里。告诉她不用担心。"他拄着拐杖继续往前走。詹金斯先生是一位退休的电气工程师，脾气温和，沉默寡言。

阿特都记不得自己的爸爸了。莫里的爸爸还活着，但与詹金斯先生的性格大相径庭。艾布拉姆斯先生以洪亮的嗓门和澎湃的爱意管理着一个大家庭，家里小孩众多，每天都很吵闹。

罗斯气喘吁吁地跑回来，他的父亲挥挥手，拒绝了他开车的请求。

"不了，谢谢你。我还想让大家平安到达呢。"大家一路无语。到达后，詹金斯先生让他们留在医院的前厅里等候。

"你觉得他会怎么做？"莫里紧张地问道。

"我不知道。爸爸会秉公处理的。"

"我担心的就是这个，"莫里承认道，"我现在想要的不是公平正义，我要的是慈悲为怀。"

"我希望唐纳德舅舅没事。"阿特插了一句。

"啥?哦,是的,的确是!抱歉,阿特,恐怕我们都忽略了你的感受。当然,最重要的是他能康复。"

"说实话,在我知道他是唐纳德舅舅之前,比起我们对一位陌生人所做的事情,我更担心的是,我可能会让我妈惹上一宗官司。"

"你别往心里去,"罗斯建议道,"人都会本能地先担心自己的麻烦事。我爸说,考验的是你怎么做,而不是你怎么想。对于他,我们已经竭尽所能了。"

"'竭尽所能'的主要表现是在医生到来之前不去碰他。"莫里指出。

"那是为他好。"

"是的,"阿特表示同意,"但我不同意你的看法,罗斯。你说只要行动是正确的,怎么想并不重要,我倒觉得错误的想法和错误的做法一样糟糕。"

"别急啊。如果一个人心里怕得要死,却做了一件勇敢的事情,那他是不是比一个做出同样举动又不害怕的人更勇敢?"

"他没有那么……不,他是更……你都把我搞糊涂了。这不是一回事。"

"也许不完全是吧。不说了。"

他们沉默着坐了很久。莫里开口说:"不管怎么样,我都希望他没事。"

詹金斯先生走了出来,有消息要告诉他们。"好了,孩子们，今天是你们的幸运日。X光检查表明，他的颅骨没有受伤。医生缝合头皮的时候，他醒了过来。我跟他聊过了，他决定回头也不找你们的麻烦了。"詹金斯先生笑着说道。

"我可以去看他吗？"阿特问道。

"今晚不行。他们给他打了一针，他现在睡着了。我给你妈妈打过电话了，阿特。"

"是吗？谢谢您，先生。"

"她在等你呢，我顺路把你送回去吧。"

阿特跟母亲米勒太太的对话过程倒不是太艰难，詹金斯先生已经做好了铺垫。其实她也不相信阿特是个坏孩子，但她确实很担心他。詹金斯先生安慰了她，不只是为了阿特，还因为她弟弟的安危。莫里的父亲艾布拉姆斯先生则更没必要为难莫里，确认那位无辜的旁观者没有受重伤之后，他耸了耸肩："那又如何？我们家族里有些律师就是专门处理这种事情的。睡觉去吧。"

"好的，爸爸。"

第二天早上，几个男孩打电话到医院，得知卡尔格雷福斯博士昨晚情况良好之后，他们又齐聚在火箭试验场。他们想对时运不济的"追星五号"进行"尸检"，并打算当天下午再去看望博士。

第一项工作是收集碎片，再尽量重新组装，然后试着弄清楚到底发生了什么。检验过程不能少了阿特所拍摄的影像，但拍摄的胶卷还没有准备好。

重新组装的过程进展顺利，直到他们听到大门方向传来一声口哨和一声吆喝。"嗨，里头有人吗？"

"来了！"罗斯回应道。他们绕过屏障，来到能看见大门的地方。一个魁梧的身影在那里等着——他外表看上去年轻、强壮、充满活力，再加上友好的笑容，这些使他头上的绷带显得格格不入。

"唐纳德舅舅！"阿特喊着跑过去迎接他。

"嗨！"新来的人说道，"你是阿特吧。你长大了不少，但变化不大。"他跟阿特握了握手。

"您怎么下床了？您身上还有伤呀。"

"没事了。"他的舅舅断言道，"我有医院的出院证明。不过你得给我做个介绍——他们是另外两位'杀手'吗？"

"哦——请原谅。唐纳德舅舅，这位是莫里斯·艾布拉姆斯，这位是罗斯·詹金斯……这位是卡尔格雷福斯博士。"

"您好，先生。"

"很高兴认识您，先生。"

"我也很高兴认识你们。"卡尔格雷福斯博士从大门外走进来，然后又犹豫了，"这个地方不会布满陷阱吧？"

罗斯看上去有些担忧。"那个，博士——我们非常非常抱歉。我还是不清楚事情是怎么发生的。这道门被屏障挡住了。"

"也许是弹开的碎片造成的吧。别往心里去，我只是受了一点点皮外伤而已。如果看到你们的第一块警告牌就果断掉头，这事也不会发生了。"

"您怎么正巧到这儿来了呢？"

"问得好。我是不请自来，对吧？"

"啊，我不是这个意思。"

"我欠你们一个解释。我之前就知道伽利略俱乐部了，阿特的母亲在信中提到过。所以昨天当我姐姐告诉我阿特在这里干什么时，我就决定过来看看，希望能及时赶到这里观看你们的火箭试发射。来这儿的路是你们店里的那个女孩告诉我的。"

"您是说您匆匆来到这里，只是为了看看我们摆弄的这个？"

"是的。我对火箭很感兴趣。"

"但是——我们真的还没有什么东西值得您一看。这些都只是小模型。"

"任何东西的最初模型都是非常重要的，"卡尔格雷福斯博士严肃地回答，"无论是谁做的，无论它多小。我想看看你们是怎么做的，可以吗？"

"哦，当然了，先生。这是我们的荣幸。"

罗斯带着客人四处看看，莫里帮着忙活，阿特不时插嘴。阿特乐得脸都涨红了——这位可是他的舅舅，世界上的伟大科学家之一，原子能时代的先驱。他们查看了测试架和控制台。卡尔格雷福斯博士对此赞誉有加，对"追星五号"的失败他感到十分惋惜。

在这个年纪，男孩子们能组装和拆卸几乎所有的机械装置，从闹钟到高空作业车，这种事情很常见。但理解这种基于科学原理的控制实验并记录其过程并不常见。

虽然他们的设备简陋，设施有限，但方法是正确的，卡尔格雷福斯博士深刻地认识到了这一点。

但他们用来将聚光灯光束反射到屏障那头的不锈钢镜子让卡尔格雷福斯博士感到困惑。"为什么要费这么大的劲来保护灯泡？"他问道，"灯泡比不锈钢便宜。"

罗斯解释说："我们不花钱就可以弄到不锈钢镜子，但买聚光灯泡则需要钞票。"

博士笑了。"这个原因倒是很有趣。好吧，你们这些小伙子肯定做了很好的安排，我真希望能在你们的火箭爆炸之前看到它。"

"当然，我们制造的东西，"罗斯气馁地说，"无法与商业无人火箭相比，比如邮政货运火箭。但我们想做出一些足够好的东西，去角逐青少年奖项。"

"你们参加过比赛吗？"

"还没有。我们高中的物理班去年报送了我们的一个项目参加新人赛。不是什么大作品——一种粉剂而已，但我们就是从那时开始起步的，虽然从我记事起，我们就都狂热地喜欢火箭。"

"你们有一些很不错的控制设备。那些机械加工的活儿，你们是在哪里做的？或是请别人做的？"

"不是请人做的。我们的学校里有个机械工坊，只要看管工坊的辅导员同意，我们放学后就可以自己在那里干活。"

"这学校可真不赖，"博士评价道，"我当年上的学校可没有机械工坊。"

"我们学校应该算是一所相当先进的学校，"罗斯表示赞同，"这是一所注重机械工艺与科学的高中，它的数学、科学和工坊作业课程比大多数学校都多。能使用那些工坊真的很好，我们的望远镜就是在那里制造的。"

"你们还是天文学家啊？"

"嗯，莫里才是我们三人中的天文学家。"

"是这样吗？"博士向莫里问道。

莫里耸了耸肩说："哦，也不完全是吧。我们各有所长。罗斯喜欢研究化学和火箭燃料。阿特是个无线电通信爱好者和摄影迷。而研究天文只需要坐着就可以进行。"

"我明白了，"博士严肃地回应道，"这是一种有效的自我保护方式。阿特的爱好我之前是知道的。顺便说一句，阿特，我应该向你道歉，昨天下午我到你的地下室看了一眼。但别担心，我没动你的任何东西。"

"哦，我的东西您可以随便动，唐纳德舅舅。"阿特解释道，他的脸更红了，"但我那地方看起来一定很乱吧。"

"那房间看着不像是客厅，但确实像一个正在使用中的实验室。我看到你还有一些笔记本——对了，笔记本我也没动！"

"我们都有笔记本，"莫里主动说，"这是受罗斯爸爸的影响。"

"怎么说？"

"我爸说，只要我不是闹着玩的，"罗斯解释道，"我弄得多乱他都不介意。他以前还让我把自己尝试过的每一件事情都记录下来，再将笔记提交给他，他会根据它们的精准度和完

整性进行评分。"

"你们的项目他帮忙吗?"

"什么忙也不帮。他说那些东西是我们自己的孩子,我们得自己照料。"

他们准备移步到他们的俱乐部——当年罗斯家把那片地用作农场时遗留下来的一栋建筑。他们收集了"追星五号"的残片,罗斯把每一片都检查了一遍。"我想它就此完结了。"他宣布道,并开始收拾那些残骸。

"等一下,"莫里建议道,"我们一直没有搜寻到击中卡尔格雷福斯博士的那块碎片。"

"没错,"博士表示同意,"我个人对那件东西很感兴趣,可能是钝器、飞弹、碎弹片或其他什么东西。"

罗斯看起来很疑惑。"到这儿来,阿特。"他低声说道。

"我就在这儿,有什么事?"

"你说说哪一块碎片不见了?"

"这有什么要紧吗?"但他还是弯腰去查看那个装着火箭残片的箱子。很快他也露出了疑惑的表情。

"罗斯……"

"怎么了?"

"没缺什么东西。"

"我也是这么想的。但一定有什么不见了才对。"

卡尔格雷福斯博士建议:"去我被击倒的地方看看是不是更合理?"

"对。"

他们全都参与了搜寻,但没有任何发现。他们又想出了一个可以彻底搜索那片区域的方法,任何大于一只小蚂蚁的东西都不可能遗漏。他们发现了一枚硬币和一个破损的箭头,但没有一样东西看起来像炸毁的火箭的残片。

"这样找下去是不会有结果的,"博士承认道,"你们发现我的时候,我在哪里?"

"就在门口这边,"莫里对他说,"您脸朝下趴着,还有——"

"等等,我是脸朝下的?"

"是的,您当时……"

"但我怎么会脸朝下趴倒呢?来的时候,我的脸是朝着你们的试验场的。这一点我非常确定。照理我应该仰面倒下。"

"呃……我肯定当时您不是仰面朝上的,先生。也许您当时进行了一次弹跳，就像您之前说的。"

"嗯，也许吧。"博士环顾四周。大门附近没有什么东西能使他那样弹跳起来。他又看了看他趴倒的地方，自言自语了几句。

"您说什么，博士？"

"啊？没有，我什么也没说。没事了。我只是有个可笑的想法，应该不对。"他站起身来，像是把这事抛在脑后了，"我们别再浪费时间寻找击倒我的那件消失的'钝器'了，我只是有些好奇罢了。我们回去吧。"

他们进行实验的伽利略俱乐部是一栋面积大约为18平方米的简易平房。一面墙边摆着罗斯的化学工作台，上面杂乱地放着常见的试管架、本生灯，胡乱插着的玻璃试管，还有一个看起来像是从废品收购站"抢救"出来的双缸水槽。工作台的一端放着一个自制的前面带有玻璃的防护面罩。与墙面平行的一个玻璃盒子里，一个制作精良但年代久远的精密天平伫立在混凝土架子上。

"我们得装空调，"罗斯对博士说，"那样才能精准地进行实验。"

"你们做得也不差。"博士评价道。男孩们用合板盖住了粗糙的墙面，裂缝也都填补了，整个屋子内部都涂上了可清洗的磁漆。地板上铺着油毡布，跟水槽一样像是从废品收购站弄来的，但还能用。门窗都很牢固，整体很干净。

"不过湿度的变化可能会影响你们的一些实验，"他继续说道，"你们打算找个时间安装空调吗？"

"我对此表示怀疑，我想伽利略俱乐部即将关门大吉了。"

"什么？哦，那有点可惜啊。"

"今年秋天，我们都要去上工学院了。"

"我明白了。但俱乐部没有其他成员吗？"

"过去是有的，但他们搬家的搬家，上学的上学，还有的去参军了。我们本来可以有新成员的，但我们都没有努力去找。嗯……我们合作得很好……您应该知道那种感觉。"

博士点了点头。他觉得自己比那孩子更清楚这种感觉。这三个人做的都是正经事。他们的大多数同学，即使具备理工科头脑，更感兴趣的也可能只是把一辆破旧的汽车改造提速到时速160千米，而不是做详细的实验笔记。"好吧，你们在这里显然很愉快。很遗憾你们不能把实验室带上。"

化学实验台对面是一张低矮宽阔的软垫座椅，横亘在两堵墙之间。另外两个男孩躺在上面听着他们的对话。他们身后是一面入墙书架。儒勒·凡尔纳的书和《马克机械工程手册》挨在一起。博士留意到书架上还有其他老朋友的书：赫伯特·乔治·威尔斯①的几本小说和亨利·德沃尔夫·史迈斯②的《军用原子能》。紧挨着威利·莱伊的《火箭》和亚瑟·斯坦利·爱

---

①赫伯特·乔治·威尔斯（1866—1946）：英国著名小说家、新闻记者、政治家、社会学家和历史学家。他创作的科幻小说对该领域影响深远，主要有《时间机器》《莫洛博士岛》《隐身人》《星际战争》等。

②亨利·德沃尔夫·史迈斯（1898—1986）：美国物理学家兼外交官，在核能技术的早期发展中扮演了重要的角色，是曼哈顿计划、美国原子能委员会的成员，以及国际原子能机构的美国代表。

丁顿①的《物理世界的本质》的，是几十本封面上印有机器人或太空飞船的通俗杂志。

他拿出一本已经卷角的亨利·赖德·哈格德②的小说，在两个男孩之间坐了下来。他开始感觉自在起来，在他认识的这几个男孩身上，他能看到曾经的自己。

罗斯说："抱歉，我想跑回家一趟。"

埋头读书的卡尔格雷福斯博士咕哝了一句："当然可以。"

罗斯回来后宣布："我妈妈希望各位都留下来吃午饭。"

莫里咧嘴一笑，阿特看上去很纠结。"我妈觉得我在你家吃了太多次饭了。"他弱弱地反对道，眼睛盯着他的舅舅。

博士挽住了他的胳膊。"这回我站在你这边，阿特。"博士向他保证道，然后又对罗斯说，"请告诉你母亲，我们很高兴接受邀请。"

午餐时，大人们聊着天，几个男孩听着。卡尔格雷福斯博士头上缠着的绷带看起来比以往任何时候都怪异，但他和罗斯年长的父母相处得很好。当然，任何人跟詹金斯太太都会合得来，但詹金斯先生的健谈让男孩们感到意外。

男孩们惊讶地发现詹金斯先生对原子学如此了解。他们觉得大部分成年人与时俱进的能力是很低的。虽然他们尊重詹

①亚瑟·斯坦利·爱丁顿（1882—1944）：英国天体物理学家，最早提出恒星巨大能量的源泉来自于核聚变过程。

②亨利·赖德·哈格德（1856—1925）：英国小说家，曾在南非英国殖民政府任职，以写非洲的冒险故事闻名，其中以《所罗门王的宝藏》《她》最为著名。

金斯先生，但潜意识里，他们觉得他已经跟不上时代了，事实上，他这代人中的大多数都是这样，他们无法意识到世界是一直在变化的。

但是詹金斯先生似乎知道卡尔格雷福斯博士是谁，也似乎知道他之前一直受雇于北美原子能机构，直到最近才离开。男孩们听得很认真，想知道博士下一步要做什么，但詹金斯先生没有问，而博士也没有主动透露。

午饭后，三个男孩和他们的客人回到了俱乐部。

卡尔格雷福斯博士几乎整个下午都瘫在软垫座椅上，讲述着他在橡树岭国家实验室[①]早期的故事，那时陷入无处不在的黏糊泥浆里可能比面临放射性物质中毒的危险更令人沮丧。他还讲了永远新鲜、永远激动人心的"旧闻"——在新墨西哥州的沙漠上，一个雨天的早晨，一朵紫金色的大蘑菇云在平流层上绽放，宣告人类终于释放了恒星般威力的能量。

接着他停住了，说他想重读他找到的那本亨利·赖德·哈格德的小说。罗斯和莫里在实验台边忙活起来。阿特拿起了一本杂志，他的目光不时飘向他那位厉害的舅舅，他注意到舅舅似乎没有频繁地翻动书页。

过了好一会儿，卡尔格雷福斯博士放下了手中的书，问道："你们几个对原子学了解多少？"

几个男孩交换了一下眼色，接着莫里自告奋勇地答道：

---

①橡树岭国家实验室：美国能源部所属的一个大型多学科研究国家实验室，位于田纳西州东部坎伯兰山区的橡树岭，成立于1943年，最初是曼哈顿计划的一部分。

"我想不是很多。高中物理没有教这个，真的，而且也不可能在家中的实验室里接触到。"

"没错，但你们都感兴趣吧？"

"哦，那当然了！我们看了能找到的所有相关书籍——波拉德和戴维森的①，还有乔治·伽莫夫②的新书，但我们没学习原子学需要的数学知识。"

"你们的数学水平如何？"

"学完微分方程了。"

"啊？"卡尔格雷福斯博士觉得不可思议，"等等，你们还在上高中吗？"

"刚毕业。"

"什么高中会教微分方程啊？是我跟不上形势了吗？"

莫里的解释听起来几乎是在自我辩护了。"这是一种新做法。你要先通过一个考试，然后他们才教你代数，包括二次方程、平面和球面三角学，还有平面几何、立体几何和解析几何，这些全都放在一门课程里，糅合在一起。进度快慢由你把握，学完这门课程，你就可以继续往下学了。"

卡尔格雷福斯博士摇了摇头。"看来我忙着研究中子的时候，学校做出了一些改变。好吧，考试小能手们，照这个速度，不久之后，你们就可以学习量子理论和波动力学③了。

①指《应用核物理》一书。
②乔治·伽莫夫（1904—1968）：出生于俄国，美国核物理学家、宇宙学家。
③波动力学：量子力学的两大形式之一，由薛定谔创立，是根据微观粒子的波动性建立起来的用波动方程描述微观粒子运动规律的理论。

但不知道他们为什么要给你们塞这么多东西。你们理解数学中的假设学说吗？"

"哦，我知道。"

"说说看。"

莫里深吸了一口气。"数学本身没有现实性，甚至连普通的算术都是如此。所有的数学都纯粹是头脑的发明，与我们周围的世界没有任何关系，只是我们发现有些数学概念用来描述事物很方便。"

"继续，你说得非常好！"

"即使这样，它也不现实——或者说不是古人所认为的那样'真实'。任何数学体系都是从纯粹的任意假设中派生出来的，称为'假说'，古人则称之为'公理'。"

"你说得棒极了，孩子！那科学理论中的实践理念呢？不……阿特，你来说。"

阿特显得很尴尬，而莫里则松了一口气，看上去很高兴。"这个嘛，嗯……实践理念就是说，理论来自于你的实践，比如测量、计时，所以你不会将不存在的东西融进实验中。"

卡尔格雷福斯博士点了点头。"已经够好的了。这些话说明你理解自己所说的东西。"他沉默了好一阵，然后又追问道，"你们几个真的对火箭感兴趣吗？"

这次是罗斯回答："嗯，是的。我们都感兴趣，除了火箭还有其他东西。我们确实想试着去角逐那些青少年奖项。"

"仅此而已吗？"

"不，不完全是。我想我们都觉得，嗯，也许有一天……"

他的声音渐渐弱了下去。

"我想我明白了，"博士坐起身来，"但何必费事去参赛呢？正如你们之前说的，模型火箭比不上真正的商用火箭。设立这些奖项无非是为了激发大家对火箭技术的兴趣，就像我小时候他们经常举办的飞机模型比赛。但你们可以做得更好，为什么不去角逐更高级的奖项？"

三双眼睛齐刷刷地看向他。"您说的是什么意思？"

卡尔格雷福斯博士耸耸肩说："你们难道不想跟我一起登月？"

第三章

疯狂的计划

俱乐部里的寂静凝固住了，这寂静仿佛可以被人切成薄片去做三明治。罗斯先出了声。"您不是认真的吧？"他轻声说道。

"不，我是的，"卡尔格雷福斯博士的语气很平静，"我是认真的。我计划尝试一次登月旅行。我想请你们几个和我一起去。"他又补充道："阿特，闭上你的嘴，你会吃进一肚子风的。"

阿特听话地闭上了嘴，深吸了一大口气，但接着又立刻开了口。"可是，您看，"他语无伦次地说道，"唐纳德舅舅……如果您带上我们……我是说，我们怎么能……或者如果我们去了，我们能起什么作用呢……您如何计划……"

"别急，别急！"卡尔格雷福斯博士说道，"你们都安静一下，我来说说我的想法，然后你们再仔细考虑，告诉我你们想不想干。"

莫里拍了一下身旁的实验台。"我才不管，"他说道，"我不管您是不是要乘扫帚飞上天。我参加！我要去！"

"我也去！"罗斯舔了舔嘴唇，急忙补充说。

阿特拼命打量着另外两个人。"我刚才的意思不是说我不打算……我只是问问。哦，我想说的是，我也要去！你们都明白的。"

年轻的博士没有起身，坐在椅子上做了个鞠躬的姿势。"先生们，我很感激你们对我的信任。但你们还没有做出任何承诺。"

"但是——"

"所以请冷静下来，"他继续说道，"我会把我的底牌都亮出来，然后我们再谈。你们以前宣过誓吗？"

"哦，当然，不过是加入学校组织的宣誓。"

"好吧。我希望你们所有人都先发誓，以你们的荣誉起誓，无论我们是否行动，在未经我特别许可的情况下，绝不泄露我告诉你们的任何事情。可以明确的一点是，如果你们在道德上有义务发声，如果有道德或法律方面的原因，你们可以不用帮我保密。否则，你们就要保持沉默。你们就以自己的荣誉起誓，怎么样？"

"好的，先生！"

"行！"

"明白。"

"好的，"博士确认之后，又瘫坐到长椅上，"这主要是走个形式，让你们记住保持沉默的必要性。稍后你们会明白原因。现在来说说我的想法：我一生都想看到人类征服太空和探索行星的那一天，我想参与其中。这种感觉我不说你们也明白，"他冲着书架挥了挥手，"那些书告诉我，你们是能明白的。你们自己也有这种热切的追求。除此之外，我在你们的火箭发射试验场上和这里所看到的，还有昨天我在阿特的实验室的所见，都在告诉我，你们并不满足于仅仅把它当作一个梦想，或只阅读相关的书籍。你们想做点什么，对吧？"

"对！"他们齐声回答。

卡尔格雷福斯博士点了点头说："我也有相同的感受。我获得的第一个学位是机械工程，当时我认为火箭属于机械工程，因此我需要接受培训。毕业后我一直是一名工程师，直到我攒下足够的钱重回课堂。随后我取得了原子物理学博士学位，因为我有一种预感。哦，不是我一个人这么想。建造太空飞船需要用到原子能。"

"当原子时代开启的时候，很多人预测太空旅行指日可待。但事实并非如此……没有人知道如何将原子能应用到火箭上。你们知道为什么吗？"

罗斯有些犹豫地说："我想我知道。"

"说说吧。"

"嗯，要发射火箭，你需要考虑质量和速度，火箭喷气推力需要相当大的质量和足够的速度。但在原子反应中，质量不大，能量以辐射的形式向各个方向释放，而不是一个整齐的直线喷流。同样……"

"同样什么？"

"哦，应该有办法利用所有的能量。该死，这么小的质量能获得这么大的推力，应该有一些办法。"

"这正是我一直以来思考的事，"卡尔格雷福斯博士笑着说，"我们建造了比巨石大坝①发电量更大的核电站，也制造了原子弹，已经将原子能运用于发电和轰炸。然而，我们还是没能把它运用在火箭上。当然，还有其他问题。一个核动力装置需要很多隔离设施来保护操作人员，你们都知道的。这意味着质量会增加。质量决定了火箭上的一切。就算只加上四十几千克的固定负载，你也得增加燃料。假设你的隔离设施重1吨，那会需要多少燃料，罗斯？"

　　罗斯挠了挠头。"我不知道您是指哪一种燃料，也不知道您说的是什么样的火箭。您想要它实现什么功能？"

　　"说得不错，"博士承认道，"我问了你一个没法回答的问题。假设是化学燃料和登月火箭，那么得出的质量比是20比1，也就是说重1吨的隔离设施需要多耗费20吨燃料。"

　　阿特突然坐起身来。"等等，唐纳德舅舅。"

　　"怎么了？"

　　"如果您使用化学燃料，比如酒精和液氧，那就不需要辐射隔离设施了呀！"

　　"这倒是被你说对了。但我只是为了说明一种情况。如果你有合适的方法来利用原子能，也许就能将质量比控制在1比1，那么携带1吨重的隔离设施只需要1吨燃料就可以了。你觉得这样是不是更好？"

---

①巨石大坝：1930年始建，位于科罗拉多河上，地处亚利桑那州和内华达州交界处的大坝，1947年改名为胡佛大坝。

阿特激动得扭动起身体。"我觉得确实如此。这意味着它是一艘真正的宇宙飞船。我们可以乘坐它去任何地方！"

"但我们仍然在地球上，"他的舅舅冷静地指出，"我说的是'如果'！都还没开始呢，不要激动过头哟。而且还有第三个难题：核动力装置控制起来很烦琐，很难启动，也很难关停。但在走到那一步之前，这一点我们可以先别管。我仍然认为我们可以登上月球。"

他停顿了一下。他们满心期待地等待着。

"我想，我有办法在火箭上应用核能。"

没人站起身来，也没人欢呼，更没人发表这样开场白的演说。"在这个历史性的时刻……"相反地，他们都屏住呼吸，等着他继续说下去。

"啊，细节我现在就不说了。如果我们一起合作，你们会明白的。"

"我们要合作！"

"当然了！"

"我希望如此。我试图让我之前所在的公司对该计划感兴趣，但他们始终漠不关心。"

"哎呀！为什么呢？"

"公司做生意是为了赚钱，这是他们对股东应尽的责任。你觉得登月飞行能带来什么明显的经济效益吗？"

"呸！"阿特脱口而出，"他们就应该愿意冒着破产的风险来支持这样的事情。"

"不是的，你错了，孩子。记住，他们经手的是别人的钱。你知道对于登月旅行这样的大项目来说，用普通的商业方法进行研究和工程开发要花多少钱吗？"

"不知道，"阿特承认，"得好几亿吧，我想。"

莫里大声说："十几亿吧。"

"这个猜测接近了点。我们公司的技术总监做的初步预算是125亿。"

"天哪！"

"他其实还是想说明这个项目从商业角度来说没有可行性。他想将我的想法改良一下，将核动力装置用在轮船和火车上。所以我才递交了辞呈。"

"您做得对！"

莫里看上去若有所思。"我想我明白了，"他慢悠悠地说，"您为什么要我们发誓保密。因为您的这个计划属于公司。"

卡尔格雷福斯博士用力地摇了摇头。"不，完全不是。如果我企图让你们参与一个侵犯别人专利权的计划，你们当然有权大声说出来。即使他们是通过卑鄙的合同持有这项专利的。"卡尔格雷福斯博士激动地说，"不过，我的合同不是那样的。该公司着手这项研究的目的是为了得到能源。而我在研究中的发现都归我所有。我们友好地分了手。我也不怪他们。"

"哦。"罗斯说，"看来这些高级奖项的奖金金额还不够大，所以没人做真正厉害的项目去角逐顶级奖项。就您所说的这个项目来说，奖金连支付研究经费都是不够的。这就是一种骗局，不是吗？"

"不算是骗局，但也差不多，"博士承认道，"最高奖金额度才25万美元，根本吸引不了通用电气公司、杜邦公司、北美原子能机构，或其他大型研究机构。他们不会投入那么巨额的资金，除非可以获得其他利益，"他又坐起身来，"但我们可以去竞逐啊！"

"怎么做？"

"我一点也不在乎奖金。我只想登月！"罗斯发表了他的宣言。

"我也是！"阿特随声附和。

"我也是这么想的。至于如何进行，就需要你们啦。我没有100亿可以花，但我认为有一种方法可以解决成本问题。我们需要一艘飞船和燃料，需要进行大量的工程和机械方面的工作，还需要准备飞行的日常用品和开销。而我有一艘飞船。"

"你有飞船？现成的一艘太空飞船？"阿特瞪大了眼睛。

"我可以按废品价购买一枚大西洋货运火箭。我确定我可以搞到它。这是一枚很好的火箭，但现在人们用更经济的机器人控制飞船来取代载人货运火箭。这枚火箭的型号是V-17，不适合改造为客运服务，所以我们可以把它当报废品买下来。但如果我买了它，我几乎就身无分文了。联合国管理的全球原子能科学家协会的高级成员……我就是其中一个！"他咧嘴笑着继续说，"如果协会理事们批准，我可以获得用于实验目的的裂变材料。这个我也能弄到。我选择钍，而不是铀-235或钚，具体原因就不说了。但这个项目本身让我很为难，投入实在太大了。我遇到你们的时候，正准备通过承接代言、讲座和其他科普活动来推广它。"

他站起来面对着他们，说："我不需要太多经费就可以把那枚旧的V–17火箭改装成太空飞船。但我确实需要具有丰富实操经验、专业知识，以及创造力的人。你们将是我的机械师、初级工程师、机械工坊工人或仪器工，不久之后则会成为我的飞船船员。你们将长时间做脏活累活，用廉价的食材自己填饱肚子。你们什么都得不到，除了咖啡、蛋糕和一次可能摔断脖子的机会。这艘飞船可能永远无法升空。如果真的升空了，你们很可能没法活下来讲述你们的经历。这不会是一次美妙的大冒险。我会一直鞭策你们工作，直到让你们厌倦，而且这一切还可能不会有任何结果，但这些话我还是得说。你们仔细想想，再告诉我你们的决定。"

地动山摇之前是片刻刺痛神经的停顿。然后男孩们站了起来，一起大喊大叫。虽然难以听清他们都在说些什么，但该建议以鼓掌的方式通过——伽利略俱乐部决定一起登上月球。

喧闹声消失后，卡尔格雷福斯博士注意到罗斯突然变得一脸严肃。"怎么了，罗斯？现在就要打退堂鼓了？"

"不，"罗斯摇了摇头，"我有点担心，这事美好得太不真实了。"

"确实是的。我想我知道你在担心什么。你的父母吗？"

"嗯。我不确信我们的家人会同意我们这么做。"

第四章

艰难的说服

卡尔格雷福斯博士看着他们愁眉不展的脸，心里知道他们将面临什么。一个孩子总不能直接站到他父亲面前说："爸爸，我们之前拟定的上大学的计划，您就不要指望了。我在北极跟圣诞老人有个约会。"其实，这也是他犹豫了这么久才说出他的计划的真正原因。最后他说："恐怕这些就要由你们自己去处理了，你们对我的承诺并不适用于你们的父母。不过要请他们尊重你们的秘密，我不希望我们的计划被媒体知道。"

"但是您瞧，卡尔格雷福斯博士，"莫里插话道，"为什么要这么神神秘秘呢？这样做也许会让我们的父母觉得，这只是一个小孩狂热的梦想。您干吗不直接找他们，向他们解释我们可以发挥的作用呢？"

"不行，"博士回答道，"他们是你们的父母。如果他们愿意见我，我会找他们谈谈，尽量向他们提供满意的解答。但你们得让他们相信你们做的是正经事。至于保密，原因是这样的：我的想法当中只有一点可以申请专利，按照联合国关于原子能的章程，任何想要使用它的人都可以获得专利证书。

我之前的公司正在申请该专利，但不是火箭方面的专利。将核能用于低成本的太空飞行是我的主意，我不希望有人靠着更多资金和更有力的支持捷足先登。火箭发射前，我们会把记者们都请来，也许他们可以写出一篇我们起飞时摔断脖子的报道。"

"但我理解你们的想法，"他继续说道，"我们不希望这件事给人的感觉像是一个疯狂科学家和秘密实验室的计划。好吧，我会努力说服他们。"

卡尔格雷福斯博士对阿特的妈妈破例了，因为她是他的亲姐姐。他提醒阿特晚饭一结束就去地下室的实验室，自己则在帮他妈妈洗完碗之后与她进行了交谈。她静静地听着他解释。

"呃，你觉得怎么样？"他问道。

她一动不动地坐着，双手绞动手帕又松开，目光四下躲闪着，就是不看他的脸。"唐纳德，你不能这么对我。"

他等待着她继续往下说。

"我不能让他去，唐纳德。他是我的一切啊。汉斯现在又不在了……"

"我知道的，"博士温柔地说，"但汉斯去世的时候，阿特还是个婴儿。你不能因为这个而限制了这个孩子。"

"你觉得这么想就能好受些吗？"她的眼泪都快掉下来了。

"我没有这么想。但正是因为汉斯，你才不能把他的儿子裹在襁褓之中。汉斯是科学家，更是个勇敢的人。为了正义，他……"

"可是，那样做让他送了命！"

"我知道，我知道。但如果汉斯还活着，他会跟我一起去。你也知道的，姐姐。你不该把他的孩子禁锢在笼子里。不管怎么说，你不能一辈子把孩子拴在你的围裙上。再过几年，你将不得不让阿特随着自己的心意去做事。"

她低着头，没有回答。他拍了拍她的肩膀说："你再好好想想，姐姐。我会把阿特完好无缺地带回来的。"

晚些时候，当阿特上楼来，他的母亲依旧坐在那里，在等着他。"阿特？"

"来了，妈妈。"

"你想去月球吗？"

"是的，妈妈。"

她深吸了一口气，然后平静地答道："去登月要听话哟，阿特。照你舅舅说的做。"

"我会的，妈妈。"

晚饭后不久，莫里就设法让他爸爸从闹哄哄的一大家子中抽身出来。"爸爸，我想跟您谈谈，男人之间的谈话。"

"不然还能是什么呢？"

"嗯，这次不同。我知道您想让我进入商界，但您也同意了帮我进工学院。"

他爸爸点了点头说："生意的事情可以放一放。家族里能出个科学家也很让人骄傲。你的伯纳德叔叔就是个很好的外科医生。我们有让他帮忙打理生意吗？"

"是的，爸爸，但现在情况有变……我不想去上工学院了。"

"怎么说？上另外一个学院吗？"

"不是的，我不想上学了。"他将卡尔格雷福斯博士的计划一股脑儿地和盘托出，希望在他父亲做出决定之前能把来龙去脉讲清楚。说完后，他等待着。

他的父亲在座椅上前后摇晃着。"这么说，这次是月球了，对吧？也许下周就是太阳了。如果要想有所成就，就该安定下来，莫里斯。"

"可是，爸爸，我想做成的就是这件事！"

"你们打算什么时候开始？"

"您这是同意了？我可以去吗？"

"别急，莫里斯。我没说可以，也没说不可以。你站在大家面前发表题为"从今天起我成了男子汉"的演讲也有一段时间了，这意味着你已经是个男子汉。所以这件事不是我让不让你去，我只能给你提建议。我劝你不要这样做，我认为这太愚蠢了。"

莫里沉默地站立着，倔强又恭敬。

"等一个星期，然后再来跟我说说你的打算。参加这个项目你极有可能会摔断脖子，是吧？"

"嗯……是的，我想是的。"

"用一个星期做决定，时间不算长。在此期间，不要把这事告诉你妈妈。"

"嗯，我不会说的！"

"如果你最后还是决定要继续，那就由我来告诉她。你妈妈是不会喜欢你这么做的，莫里斯。"

第二天早上，卡尔格雷福斯博士接到了一个来电，对方要求他在方便的时候去趟詹金斯家。他去了，但詹金斯家的气氛让他觉得自己像是被喊过去挨骂的。他发现詹金斯先生和太太在客厅里，却不见罗斯的踪影。

詹金斯先生跟他握了握手，请他就座。"要香烟，还是雪茄，博士？"

"都不要，谢谢。"

"如果您抽的是烟斗，"詹金斯太太插了一句，"请自便。"

博士向她表示了谢意，心怀感激地抽起他的老烟斗。

"罗斯跟我说了一件很奇怪的事，"詹金斯先生开口了，"如果他不是一个非常诚实的孩子，我会觉得他的想象力太过丰富。也许您能解释一下。"

"我尽力，先生。"

"谢谢，博士。您打算进行一次登月旅行，真有这事吗？"

"千真万确。"

"哦。那您邀请了罗斯和他的伙伴们跟您一起进行这次不切实际的历险，也是真的了？"

"是的。"博士发现自己狠狠地咬住了烟嘴。

詹金斯先生凝视着他说："我很诧异。即使这次历险既安全又充满理智，您选择这几个孩子作为搭档，还是让我感觉很不寻常。”

卡尔格雷福斯博士解释为何他认为这些男孩可以成为此项计划合格的合伙人。“无论如何，”他最后总结道，“年轻并不一定就是不利条件，参与科学项目的绝大多数科学家都非常年轻。”

“但他们还是半大的孩子啊，博士。”

“艾萨克·牛顿爵士发明微积分的时候就很年轻。爱因斯坦教授发表第一份有关相对论的论文时，也才26岁——而他开始从事相关研究时的年纪则更小。在机械学和物理学中，年龄跟研究没有任何关系，完全看训练和能力。”

“即使您说的都对，博士，训练也是需要时间的，可这些孩子没有时间完成参与这份工作所需要的训练。成为工程师需要数年时间，而成为工具或仪器制造师则需要更长时间。要知道我自己就是工程师。我所说的我自己都清楚。”

“正常情况下，我会同意您的说法。但这些孩子身上有我所需要的技能。您看过他们的作品吗？”

“看过一些。”

“您觉得有多好？”

“都挺好的——在他们的知识与能力范围内。”

“但他们的知识与能力正是我所需要的。他们现在都是火箭迷，他们捣鼓自己喜欢的事情时所学到的，都是我所需要的专业知识。”

詹金斯先生考虑了一会儿，然后摇了摇头。“我想您说的话是有些道理，但是这个计划本身不切实际，我不是说太空飞行不切实际，我也期待相关工程问题有一天能得以解决。但太空飞行绝不是在后院里摆弄着玩玩就可以实现的。真正的太空飞行应该由空军来完成，或者是作为一个大机构的项目，而不是由几个半大孩子来完成。"

卡尔格雷福斯博士摇了摇头，说："政府不愿意做。国会对此会一笑置之。至于机构嘛，我也有理由相信他们肯定不会做的。"

詹金斯先生诧异地看着他。"那在我看来，我们有生之年似乎是看不到太空旅行了。"

"那倒不一定，"这位科学家评论道，"美国不是这个地球上唯一的国家。要是某天早晨听到其他国家的人飞上了太空，我不会觉得意外。"博士深吸了一口气，"但我更希望这件事由我们来完成。"

詹金斯先生点了点头，改变了战术。"即使这三个孩子具备您所需要的技能，我还是不明白您为什么要选择孩子们参与进去。坦率地说，这正是我觉得这个计划完全是头脑发热的产物的原因。您应该找一些有经验的工程师和机械师，您的飞行团队成员应该是合格的火箭飞行员。"

卡尔格雷福斯博士说他已将缘由向男孩们和盘托出，并解释他是如何希望以很少的预算去完成这个项目。他话音刚落，詹金斯先生说道："这么说，您找上这三个孩子是因为缺钱？"

"您可以这么说。"

"这话不是我说的，是您说的。老实说，我完全不赞成您

的行为。我觉得您没有恶意，但您没有停下来好好想想。您把罗斯和他的朋友们搅进一个与他们的年龄不相符的项目，又没有提前征求他们父母的意见，这一点我觉得很不合适。"

卡尔格雷福斯博士觉得自己的嘴都绷紧了，但什么话也没说。他觉得他无法跟他们解释自己正是因为这样的顾虑，几乎整晚都没合眼。

"但是，"詹金斯先生继续说道，"我理解您的失望，也很认同您的热情。"他微微笑了一下，"我想跟您做笔交易。我来负责聘请三名机械师和一名初级工程师或物理学家，来帮您改造飞船——人由您来挑选。等时机成熟，我会安排一组飞船船员。我觉得这些人不需要聘请，我们可以从很多志愿者当中挑选。先听我说完，"博士正打算开口，詹金斯先生又说道，"您对我没有任何义务，我们可以把它当作商业投资来做。我们起草一份合同，根据该合同，如果您成功了，我可以按约定的比例分得您的奖金和独家新闻、书籍、讲座等的利润。您觉得这个办法可行吗？"

博士又深吸一口气。"詹金斯先生，"他缓缓说道，"如果您上周给我这个提议，我会毫不犹豫地接受。但现在我不能这么做。"

"为什么？"

"我不能让几个孩子失望。我已经做出承诺了。"

"如果我跟您说，我们绝不允许罗斯参与，这事是不是就不同了？"

"没有。我只能去找像您这样的支持者，但不可能是您。

我无意冒犯您，詹金斯先生！但我如果任由自己被人收买，而违背对罗斯的承诺，这就太过分了。"

詹金斯先生点点头。"我知道您恐怕会这么想。我尊重您的态度，博士。我把罗斯叫来，告诉他我们讨论的结果。"他起身向门口走去。

"等等，詹金斯先生。"

"怎么了？"

"我要告诉您，我也尊重您的态度。我之前也说了，这个项目很危险，相当危险。尽管我觉得这个危险是适度的，但我不能否认您有权禁止您的儿子冒着摔断脖子的危险跟我共事。"

"您恐怕没理解我的话，卡尔格雷福斯博士。当然，这事很危险，自然也让我和我太太担忧，但我不是因此才反对的。我没有尝试让罗斯远离危险。我让他去上过飞行课，我甚至为他的高中另请来两名陆军教官。我的原因不在这儿。"

"那我可以问问原因是什么吗？"

"当然。罗斯原计划今年秋天要去上工学院。我想对他来说，接受全面的基础教育比成为第一个登月的人更重要。"说完他又转过身去。

"等等！如果您担心的是他的教育问题，那您觉得我会是个称职的老师吗？"

"嗯？哦……是的。"

"这些小伙子的技术和工程课程将由我来辅导。我会确保他们的学习不落后。"

詹金斯先生犹豫了片刻。"不，博士，这事就这么说定了。没有学位的工程师，事业起步会很不利。罗斯要拿学位才行。"他快步朝门口走去，喊了一声："罗斯！"

"来了，爸爸。"这场争论中的焦点人物跑下楼，来到客厅里。他环顾四周，先是看了看卡尔格雷福斯博士，然后又焦灼地看了一眼他的父亲，最后看了看母亲。他的母亲停下手里的针线活，抬起头来冲他笑了笑，没有说话。"最终决定如何？"他问道。

他的父亲直截了当地说："罗斯，你今年秋天得去上学。我不同意你参与这个计划。"

罗斯的下颌肌肉抽搐了一下，但他没有直接回应，而是对卡尔格雷福斯博士说："阿特和莫里怎么说？"

"阿特会加入。莫里打电话对我说，他爸爸不太支持，但也不会阻止。"

"这样的话，您会改变主意吗，爸爸？"

"恐怕不行。我不想反对你的决定，儿子，但牵涉到具体事务，在你满21岁之前我还是要对你负责。你必须获得学位。"

"但是……但是……这么说吧，爸爸，学位不是一切。如果登月成功了，我会名声大噪，也不需要在名字后面加个头衔才能找到工作。如果我回不来了，那就更不需要学位了！"

詹金斯先生摇了摇头，说："罗斯，我心意已决。"

博士看出来，罗斯在极力忍住眼泪。不知怎的，这让他看上去更成熟，而不是更稚嫩。当罗斯再次开口，他的声音都在颤抖。"爸爸？"

"怎么了，罗斯？"

"如果我去不了，我至少要帮他们做些飞船改造的工作，这可以吗？他们需要帮助。"

卡尔格雷福斯博士饶有兴趣地打量着他，他多少能够理解，这个请求会让这个孩子多么心碎和难过。

詹金斯先生看上去很惊讶，但还是很快地答道："可以的……你可以一直干到开学。"

"要是他们到那个时候还没完工呢？我不想就那样撇下他们。"

"好吧。若有必要，你可以等到第二个学期再去上学。这是我最后的让步了。"詹金斯先生转身对博士说："那就要麻烦您给他辅导功课了。"然后他又对自己的儿子说："但是这件事就到此为止了，罗斯。等你满21岁，如果你还想去，你可以冒着摔断脖子的危险去乘坐太空飞船。坦率说，如果你决意要去试试，我还是希望届时你仍然会有很多机会尝试首次登月之旅。"说完，他站起身来。

"艾伯特。"

"嗯？怎么了，玛莎？"他恭敬地转过身看着他的妻子。

她将手中的毛线放在大腿上，决然地说道："让他去吧，艾伯特！"

"什么？你在说什么，亲爱的？"

"我说，让儿子去登月吧，如果他可以做到。我知道自己在说什么，你们的争论我一直在听，我听得很明白。卡尔格雷福斯博士是对的，我之前的想法错了。我们不能把他们留在小窝里。"

　　"我知道自己在说什么，"她继续说道，"作为母亲，我肯定还是会伤心落泪，但这不能改变什么。这个国家不是由怯懦者建立起来的。罗斯的高祖父坐着货运马车翻山越岭到这里安家落户。当时他19岁，根据家族记载，他的父母反对他迁居。"她突然拨弄了一下，弄断了一根织针。

　　"我不想因为我而影响了家族勇敢者精神的传承。"她站起身来，快速地走出了客厅。

　　詹金斯先生的双肩耷拉下来。"我同意了，罗斯。"过了一会儿，他又说道："博士，祝您好运。现在请恕我失陪……"他跟着太太走了出去。

第五章

驻扎营地

"还有多远？"在简陋的小汽车发出的噪声和沙漠的风声中，阿特不由得高声喊叫。

"看看地图。"罗斯说，他的双手正忙着操控方向盘，以避开一只长耳大野兔，"从66号公路到岔路口大约85千米，从岔路口开过去还要11千米。"

"离开66号公路后，我们大概已经开了63千米，"阿特回答道，"很快我们就能看见岔路口了。"他眯着眼睛望着荒芜又多彩的新墨西哥州的乡野。"你见过如此开阔又荒芜的乡村吗？只有仙人掌和郊狼，这有什么好的。"

"我喜欢！"罗斯回应道，"抓紧你的帽子。"前方有一段平坦而笔直的路，绵延数千米。罗斯开始加速，让小汽车的时速飙到了70……80……90……95千米，时速针颤颤巍巍地指向了三位数。

"嗨，罗斯？"

"怎么了？"

"这车的年纪可不小了啊。这么折磨我们干吗？"

"胆小鬼。"罗斯说，但他还是略微松开了油门。

"才不是呢，"阿特反驳道，"如果我们在登月的途中死了，那很好，我们都是英雄。但如果还没出发就先弄断了脖子，那我们就显得很蠢了。"

"行了，知道了……那个是岔路口吗？"

右边有一条土路蜿蜒出去，穿越了沙漠。他们沿着这条路走了不到500米，然后在截断道路的一道钢门前停了下来。门的两侧是坚固的篱笆，上面装着带刺的铁丝网，门上还有一张告示，告示上写道：

危险
此区域有未爆炸的炮弹！
擅自闯入，后果自负。
发现可疑物品请立即向该地区管理员报告，切勿触摸！

"就是这里了，"罗斯说道，"钥匙带了吗？"门后面的那片区域是废弃的战时训练场。国内这样的土地有3000多万亩（1亩≈666.67平方米），在军方的工程专家清除放射性污染之前，它们都被判定为毫无价值。这片沙漠地区不值得费钱费力去清除污染，但却是卡尔格雷福斯博士的理想之地。这里有足够的空间，又没有容易误伤的旁观者，而且还免租金。这片土地借给了原子能科学家协会，而协会的代表人正是博士。

阿特将一串钥匙抛给罗斯。罗斯一一试着开锁，然后说："你给错钥匙了。"

"不会吧，不可能错啊。"他又接着说，"这些钥匙就是博士寄来的。"

"现在怎么办？"

"可能得撬锁了。"

"这个锁撬不开的。要不翻过去吧？"

"用一只胳膊夹着我们的设备吗？能不能别这么幼稚。"

一辆小汽车朝他们缓缓开了过来，在广袤的沙漠中看不出它的实际速度。车在他们身边停下，一个戴着宽边军帽的男人伸出头来："嗨，你们好啊！"

阿特嘟哝了一句"这是谁啊"，然后又说道："早上好。"

"你们在做什么？"

"我们要进去。"

"你们没看见告示吗？等等，你们当中谁是詹金斯？"

"他就是罗斯·詹金斯。我是阿特·米勒。"

"很高兴认识你们。我是这一带的管理员，我叫布坎南。我会让你们进去，但其实我也不知道该不该这么做。"

"为什么？"罗斯的语气有些不耐烦。他觉得他们被当成小孩看待了。

"嗯……前几天这里出了一起事故。所以我们才换了锁。"

"事故？"

"一名男子不知道怎么闯进去了，篱笆没有遭到破坏。他在小屋400米开外的地方踩到了一颗地雷。"

"地雷……他被炸死了吗？"

"死了。我是通过秃鹫才发现了他。这样吧，我让你们进去。我有一份允许你们进入的许可证副本。但别到处乱走，你们得待在小屋周围标记好的区域内，上公路的话要沿着电线走。”

罗斯点点头说："我们会小心的。"

"确实要小心。对了，你们几个年轻人来这里干吗？养野兔吗？"

"没错。超大野兔。"

"好吧，野兔也要养在指定区域里，不然你们就有野兔汉堡吃了。"

"我们会小心的。"罗斯重复道，"您知道死去的那名男子的身份吗？他是来干什么的？"

"都不知道。秃鹫没有给我们留下足以辨认其身份的东西。来偷东西也说不通，这里没什么可偷的。那事故是在你们的物品送达之前发生的。"

"啊，东西都到了！"

"是的，板条箱都在露天处堆放着呢。死者并不熟悉这片沙漠，"管理员继续说道，"从他的鞋子可以看得出来。他一定是开车来的，但周围却没有发现车的踪迹。整件事都让人感到莫名其妙。"

"是的，确实如此，"罗斯附和道，"但他死了，所以这事就算了结了。"

"是的。这是你们的钥匙。哦，对了……"他又把手放回兜里，"我差点忘了，还有发给你们的电报。"

"给我们的？哦，太谢谢了！"

"你们最好在公路边设置一个邮箱，"布坎南建议道，"你们能收到这封电报纯属偶然。"

"我们会的。"罗斯一边撕开信封，一边心不在焉地回答。

"再见。"布坎南启动了汽车。

"再见。再次感谢您。"

"罗斯，快读读上面都写了什么。"阿特要求道。

今天通过了最终测试。周六出发。请准备好管弦乐队、女舞伴，还有两大块厚牛排——一块嫩的，一块五分熟。

博士和莫里

罗斯咧嘴一笑："想象一下！莫里现在成了火箭飞行员了，我敢打赌，他肯定得意得不行。"

"那是肯定的。哎，我们都应该去学习那门课程才是。"

"放轻松，别这么在意，我们这半个夏天也没白过啊。"罗斯反驳道。

阿特其实不太明白自己的这种嫉妒心。他嫉妒的不是莫里此行的目的，而是莫里可以跟他的偶像舅舅一起去斯帕茨场①。他们都上过复式控制飞机飞行训练课，但只有莫里继续学了下去，并拿到了私人驾照。根据在阿特看来已经落伍的规定，一名飞机飞行员可以缩短火箭飞行课程的学习时间。卡尔格雷福斯博士的飞行资格是15年前获得的，但驾照早已蒙尘。

---

① 斯帕茨场：美国宾夕法尼亚州的雷丁机场。

他一直打算去报考火箭飞行员资格，所以当他发现莫里也有飞行驾照的时候，自然就把他也算上了。

这样一来，罗斯和阿特就要负责不计其数的杂活，然后还得提前到新墨西哥州安营扎寨。

管理员提醒他们要沿着电线走，这点很有必要。男孩们发现这片区域的沙漠中密密麻麻地布满了烈性炸药的痕迹，还有纵横交错的车辙，一条又一条，都是几年前卡车、坦克和移动运输车留下的。他们发现小屋就坐落在一个长1600多米、宽400多米的小牧场里，牧场外围是一道篱笆围栏。牧场几百米外有一片绵延数千米的广阔土地，看起来像一个绿色的、泛着涟漪的湖泊，那是1951年原子弹测试留下的一个表面光滑的弹坑。

直到看见小屋和堆叠起来的货物，他们的注意力才转了回来。罗斯把车开到围栏的远端，两个人凝视着沙漠。

阿特低低地吹了一声口哨表示敬意。"要是处在那场爆炸中，你会怎么样？"罗斯低声问道。

"我不想待在附近的任何地方，即使和这里相邻的城市也不想。当一颗原子弹在一个城市里爆炸，你觉得会怎么样？"

罗斯摇摇头说："我会逃之夭夭。阿特，他们最好不要再投下另一颗原子弹了，除非是试验。如果他们开始把这种炸弹到处扔，世界末日就到了。"

"他们不会的。"阿特一边说着，一边爬出汽车，"不知道我们能不能下到弹坑里去。"

"还是不要吧，回头我们再去看。"

"在那场爆炸之后，弹坑或这片区域的任何地方都不可能有哑弹了。"

"你可别忘了那个被秃鹫吃掉的人。没有被引爆的哑弹也许就不会爆炸了。这枚原子弹可是在距离地面8千米的上空引爆的。"

"啊？我以为……"

"你以为像是在奇瓦瓦州①那边的测试吧。那可是地面作业。走吧，我们还有工作要做。"他一脚踩下了油门。

小屋是一间简易预制房，在原子弹试验后被搬过来，用来安置监测辐射情况的观察员，之后就再也没人使用过。"啊！真是一团糟，"阿特说，"早知道我们带顶帐篷。"

"我们将里面整理一下就好了。你在外头那些东西里看到煤油了吗？"

"有两桶。"

"好的。我来看看能不能把这个炉子点着。我可以做点午餐。"小屋虽然有点脏，但很适合居住。屋里有一口钻出来的水井，水质不错，虽然水的味道有些怪。还有六张架子床，只是缺少铺盖。厨房在房间的尽头，餐厅里有一张很大的松木桌，墙上有架子、挂钩和窗户，上面的屋顶也很坚固。炉子性能很好，尽管有些发臭。罗斯做了炒蛋、黄油面包、德式炸土

---

① 奇瓦瓦州：位于墨西哥西北内陆，北靠美国新墨西哥州和得克萨斯州，面积约24.7万平方千米，是墨西哥面积最大的州。

豆，煮了咖啡，还烤了一个苹果馅饼，全程只有几起食物轻微烧焦的烹饪小意外。

他们用了一整天的时间清洁小屋，卸下车上的东西，再把眼下需要的物品从箱子里拿出来。吃完阿特做的晚餐，他们高兴地钻进了睡袋。阿特还没合眼，罗斯就已经轻轻地打起了鼾。在罗斯的鼾声和远处郊狼的哀嚎之中，阿特一直睡得迷迷糊糊，当他考虑要不要戴上耳塞时，清早的太阳就把他唤醒了。

"起床了，罗斯！"

"啊？什么？怎么回事？"

"起来啦，别浪费时间。"

"我累死了，"罗斯舒服地躺在床铺上回答，"我觉得可以在床上吃个早餐。"

"'你和你的六个哥哥'①赶紧起床，今天我们要把工坊的必需品都卸下来。"

"对哦。"罗斯依依不舍地爬下床，"天气好极了，我要来个日光浴。"

"我觉得你应该来做早餐，我去把工作安排好。"

"好的，西蒙·列格里②。"

机械工坊的搭建其实就是把金属板和桁条组装起来。他们把水泥和沙漠上含沙的土壤混合在一起，这样就有了足够的用

---

①出自格林童话《六只天鹅》，讲述一个公主和她六个变成天鹅的哥哥的故事，此处暗讽罗斯摆公主架子。

②西蒙·列格里：小说《汤姆叔叔的小屋》中的残暴工头。

于建造临时建筑的优质混凝土。然后他们将发电工具从箱子里搬出来，先进行必要的长度测量，随后将紧固它们的螺栓嵌入混凝土之中。罗斯看着阿特把最后一颗螺栓固定好，问道："你确定东西都齐了？"

"是的。磨床、铣床、车床……"他一个个确认，"钻机，还有两把锯子……"几乎任何工作所需要的基础工具，他们都有。接着他们把建筑结构本身所需要的螺栓也安置好，在把门槛安插到潮湿的混凝土中时，将门槛上的孔口对准螺栓。天黑时，建筑物的各个部分都摆放好了，每个部分都完全在它们应在的位置上，等待组装。

"你觉得电线能承载负荷吗？"他们收工的时候，阿特担忧地问道。

罗斯耸了耸肩说："我们不会同时使用所有电动工具。不用担心，不然我们永远也到不了月球。我们得先吃了晚饭才能洗盘子。"

到了星期六，工具都已连接好并测试完毕，阿特还把其中一台电机的电线重新绕好。堆成小山高的装备全部妥当安放后，小屋变得整洁有序。他们发现还没打开的箱子中有几个被撬开了，但看上去没有什么东西遭到破坏。罗斯并没有过多在意这事，但阿特却很担心——有人觊觎他珍贵的电子设备呢。

"别犯愁啊，"罗斯劝说道，"等博士来了，把这事告诉他。这些东西都是上过保险的。"

"那是运输险。"阿特指出，"对了，你觉得他们什么时候会到？"

"说不好，"罗斯回答道，"如果他们坐火车来，也许要下周二或者更晚些时候才能到。如果他们先坐飞机到阿尔伯克基①，然后再坐大巴，也许明天……那是什么？"他望向了天空。

"哪里？"阿特问道。

"那里，就在那边，你的左边。是火箭。"

"还真是啊！一定是军方的火箭，我们这里不在商用火箭飞行的线路上。嘿，它还启动了喷气发动机！"

"它要降落了。它打算降落在这里！"

"不是吧？"

"我不知道。我以为……它来了！不可能是……"火箭减速的时候，轰鸣声湮没了罗斯的声音。制动喷嘴还没打开，火箭就将自己的喧嚣声抛在身后，而且对他们来说，它就像沉默的思想那样安静。飞行员平稳地将火箭降落在距离他们不到500米的地方，头部和腹部的喷气发动机最后喷射了一次，火箭就完全停了下来。

他们开始拔腿狂奔。

当他们气喘吁吁地跑到火箭光滑的灰色侧面时，短翼前面的舱门打开了，一个高个子跳了下来，后面紧跟着一个个头较小的人。

"博士！博士！莫里！"

----

①阿尔伯克基：美国新墨西哥州最大的城市。

"嗨，伙计们！"卡尔格雷福斯博士喊道，"我们到了。午饭准备好了吗？"

莫里站得笔直，一副喜不自胜的样子。"我完成了降落。"他宣布道。

"是你操作的？"阿特难以置信地问道。

"当然！不信吗？我可是已经考到驾照了。要瞧瞧吗？"

"'优秀飞行员艾布拉姆斯'，这里是这么写的，"他们查看证书的时候，罗斯大声说道，"但你为何不滑行一下呢？你直接就竖直降落了。"

"哦，我那是为在月球上降落做练习呢。"

"啊，是吗？好吧，在月球降落要让博士来做，不然我一定是不去的。"

博士打断了他们的玩笑。"放轻松点。我们谁都不会尝试静止着陆。"

莫里看上去很吃惊。罗斯说："那谁负责……"

"阿特负责在月球着陆。"

阿特深吸了一口气问道："谁？我吗？"

"从某种程度上说，到时候必定是在雷达的指挥下着陆。在没法步行回家的情况下，我们不能冒险用喷气式的方式进行月球着陆。阿特将调整电路，让机器人飞行员来完成着陆，但莫里也要预备着，"他看了看莫里脸上的表情，又继续说道，"莫里的反应能力比我强，毕竟我年纪大了。现在吃个午餐如何？我想去换身衣服，然后开始工作。"

莫里穿的是飞行员的连体服，但博士穿的是他最好的一套西装。阿特把他上下打量了一番说："您怎么穿上佐特套装①了，舅舅？您看上去不像是坐火箭来的。我本以为火箭会通过运输送达呢。"

"计划有变。我从华盛顿直接去了机场，我一到，莫里就起飞了。火箭已经改造好，所以我们就自己驾驶它飞过来了，省下不少运输费呢。"

"华盛顿那边一切顺利吧？"罗斯急切地问道。

"是的，多亏了协会的法务部帮忙。我带了一些文件来，你们每个人都要签字。我们就不要站在这里说个没完了吧。罗斯，等吃完饭，你和我马上着手安装隔离屏障。"

"好的。"

罗斯和博士用了三天时间进行那项又脏又累的工作——把连接尾部喷气发动机的燃料系统拆下来。头部和腹部的喷气发动机只在移动和降落时使用，就保留了原样。这些发动机的燃料是苯胺和硝酸②，所以博士不想改动，这样可以弥补核动力的缺点——熄火和点火相对困难。

他们一边工作，一边交流了彼此的近况。罗斯跟博士说了那起人为触发废弃地雷被炸死的事故，他没怎么在意。直到罗斯跟他说到柳条箱被打开过的事，他才放下手上的工具，擦了擦脸上的汗水说道："我想听听具体的细节。"

"怎么了，博士？没有造成什么损失呀。"

---

①佐特套装：流行于20世纪40年代的男装，裤管宽大，上衣长而宽松、肩宽。
②苯胺和高浓度硝酸作为燃料，碰到一起就能燃烧起来，不用人工点火，而且燃烧稳定又迅速，是比较合适的常温推进剂。

"你觉得是那个死者动过我们的东西吗？"

"嗯，我本来是这么想的，但后来我记起那个管理员说得很清楚，在我们的东西到达之前，那人就已经成了秃鹫的美餐。"

卡尔格雷福斯博士似乎忧心忡忡，他站起身来。

"您去哪儿，博士？"

"你继续手头的工作，"博士心不在焉地答道，"我得去看看阿特。"罗斯意欲开口，但想了想，便又继续工作了。

"阿特，"博士开口说，"你和莫里在做什么？"

"怎么了？我们正在检查他的天文导航仪。我在查看加速度积分仪上面的电路。对了，上面的陀螺仪好像偏离中心了。"

"应该是的。看看操作手册吧，那个不太要紧。你能在这个地方的四周安装'电子眼'监控摄像头吗？"

"如果有设备就可以。"

"别'如果'，利用现有的设备，你可以做到吗？"

"等等，唐纳德舅舅，"阿特问道，"您想要做什么？我得先知道您需要做什么才可以告诉您我是否能做到。"

"抱歉。我想要在火箭和小屋周围设置一圈侦察线路。你可以做到吗？"

阿特挠了挠耳朵："让我想想。我需要摄影电子元件和紫外线灯。其他设备我可以自己拼凑一下。我的摄影机箱里有两个测光仪，我可以把它们改造成摄影元件，但怎么才能做出紫外线灯呢？如果我们有日光灯，我可以过滤出来。弧光灯怎么样？我可以拆掉一盏弧光灯。"

博士摇了摇头。"太不稳定了。你得整夜看着它才行。你还能做其他什么东西？"

"嗯……我们也许可以用热电偶。那样我就能用一盏普通的泛光灯将光线过滤为红外线。"

"这要花多长时间？不管你怎么做，天黑之前必须得完成，即使只是给围栏顶部的电线通上电也行。"

"那我就这么做吧，"阿特同意了，"如果……"

"如果什么？"

"我们不给围栏正常通电，不让任何接触它的人触电，而是只接通一两伏电压的电流，然后将它与一个增益很大的音频电路连接在一起，这样如果有人碰到围栏，它就会像狗一样号叫。怎么样？"

"那更好。我目前只是想要个警报器。去找莫里，然后你们俩一起做。"博士又回到了他的工作上，但他的心思却不在这里。他之前对失踪的"钝器"之谜的那种担忧又回来了。现在谜团更多了，他那逻辑思维很强的大脑不喜欢谜团。

大概一小时之后，他离开岗位去看看阿特干得如何。他需要经过火箭的货舱才能进入飞行员舱。在那里，他看到了莫里，这让他很意外。"嗨，伙计，"他说道，"我还以为你在帮阿特呢。"

莫里看上去有些局促。"哦，那个呀，"他说道，"他确实跟我说了些什么，但我当时很忙。"他指了指电脑，封盖都卸下来了。

"他跟你说了我要你帮他的忙了吗？"

"是的，但他不需要我帮忙。他一个人就能做得很好。"

卡尔格雷福斯博士坐了下来。"莫里，"他缓缓地说道，"我想我们最好谈一谈。你有没有想过，谁会是这次远征的副指挥？"

莫里没有回答。博士继续说道："毫无疑问，必须是你。你是另一位飞行员。如果我出事了，其他两个人都得听你的。你意识到这一点了吗？"

"阿特会不高兴的。"莫里嘟哝着说。

"目前这种情况在所难免。阿特不高兴，你也不能怪他，他没有参加飞行员训练，心里也很失望。"

"但那又不是我的错。"

"确实，但你必须弥补这一切。你得有所表现，只有这样，当那一天真的到来时，他们才会愿意接受你的领导。这趟旅行不是去野餐，很多时候我们的生死就取决于即刻的服从。我直截了当地说吧，莫里，如果我还有选择的话，我会选择罗斯作为我的副手——他没有你那么情绪化。但只能是你，所以你必须担起责任，否则我们就无法起飞。"

"啊，我们一定要起飞！我们现在不能放弃！"

"我们会成功的。问题是……莫里，"他继续说道，"在我们国家，男孩子从小接受的是宽松的教育，自主惯了。这挺好，我很喜欢。但有些时候，一味自主是不够的，还需要自愿服从，全心全意、毫无争执地去服从。你知道我在说什么吗？"

"您的意思是要我回工坊里去帮阿特。"

"对！"他帮这孩子转了个身，让他面朝门口，又推了一把他的后背，说道，"快去吧！"

莫里说："遵命！"他在门口停顿了一下，轻快地扭头回看了一眼，"别担心我，博士。我会校正线路，好好飞行。"

"收到！"博士决定回头跟阿特谈一谈。

第六章

沙漠中的危险

　　宇航服第二天就寄到了，导致他们手头的工作又停歇了一阵，这让卡尔格雷福斯博士有些心烦。但是这件事着实让男孩们兴奋，这说明他们真的准备要去月球漫步，所以博士决定让他们先适应一下宇航服。

　　这些宇航服是为空军研发的改良版加压平流层宇航服。它们看起来像潜水服，但没有那么笨拙。头盔是用有机玻璃制成的，还用柔软的聚乙烯基缩丁醛塑料进行层压，使其更接近防爆要求，外形看上去像是球形的金鱼缸。宇航服没有加热设计，因为与传统的认知不同的是，外太空的真空环境不热也不冷。理论上，如果站在没有大气的月球上，人只能通过辐射或者直接接触月球表面来获取或失去热量。人们通常认为，月球的气温会在极寒的零下至沸点之间变化，因此博士定制了加厚石棉鞋底的太空鞋，衣服的臀部位置也加了类似的坐垫，这样他们偶尔坐下来时就不会被烫伤或冻伤。同样材质的手套也可以完全保证隔热效果。这些衣服的隔热性和气密性都很好，可以最大限度地弥补因辐射造成的身体失温。博士本来更喜欢恒温控制，但他想着这种改进就留给以后的月球拓荒者和定居者去完成吧。

每一件宇航服都配有一个氧气瓶，连接着宇航服的氧气瓶比飞行员携带的那种要大得多，也重得多，但在月球表面则不会感觉太重，因为那里的重力只有地球的六分之一。

早期的宇航服会像海星那样收缩并变得坚硬，即使飞行员摆出最简单的动作也很费劲。试穿自己的宇航服时，博士很高兴地发现，穿上后依旧可以自如行动，即使他让罗斯给他的宇航服加压到3倍的大气压，其承受力也没问题。即使离开营地，宇航服保持恒定的体积似乎也可以实现。

博士让他们进行实验，同时确保尽可能多地开展实地测试，作为给生产商实验室测试的补充。随后，宇航服就交给了阿特，他负责安装对讲设备。

第二天，博士让几个男孩都去改造驾驶装置。他自己则等待核聚变元素钍的交付，防辐射隔离装置必须提前准备好。这个隔离装置是用铅、钢和有机塑料制成的，按照他的计算，三者的排列最适合屏蔽来自火箭前部的α射线、β射线和γ射线，以及逃逸的中子。

在所有辐射中，γ射线穿透力最强，很像X光。α粒子与氦原子的原子核相似。β粒子则只是极高速运动的电子。中子是不带电的粒子，构成大多数原子核的大部分质量，也是引发原子弹剧烈爆炸的粒子。这些辐射都会损害健康，甚至危及生命。

钍驱动装置只能在前端进行屏蔽，因为逃逸到外层空间的辐射可以忽略不计。莫里之前把火箭降落在牧场上，一侧朝着小屋。现在有必要将火箭调转方向，让喷气管不要朝向小屋，这样待钍放置就位后，辐射将会朝向那颗原子弹留下的弹坑，就不会对小屋造成损害，同时，对火箭进行的控制性试测所产生的废气也不会对着小屋排放。

火箭的方向调转是靠液压千斤顶和人力来完成的，这与任何火箭发射场上常见的由活动台架、托架和移动吊索来操控火箭形成鲜明对比。他们所有人一直干到傍晚才完工。工作结束后，博士宣布大家开始放假，接着带他们进行了之前承诺过的弹坑之旅。

关于这个炸弹爆炸遗址的图像和文字描述已经非常多了，男孩们早已习惯了从远处眺望弹坑，所以近距离观看带给他们的激动感是有限的。尽管如此，那方圆数千米内冰冷如玻璃般的土地上的荒芜和死寂，还是让他们毛骨悚然。博士带着一个盖革辐射测量仪大步向前。这种仪器原本是用于勘测铀的。用上这东西主要还是为了给男孩们一个警示，告诉他们在处理放射性元素的过程中必须时时刻刻保持警惕。他并不真的希望从耳机里听到危险的警示讯号。很久以前，这里就被勘察过了，几乎可以确定这个阴郁的"湖泊"跟广岛死寂的街道一样无害。

"听着，伙计们，"他们回来之后，他开口道，"后天钍就到了。从那时开始，假期结束。那东西是有毒的。你们得时刻记住这一点。"

"当然，"莫里表示同意，"我们都知道。"

"你们只是表面上知道而已，我希望你们每一分每一秒都把这点牢记在心中。我们会将火箭和围栏之间没有防护的区域标示出来。如果你的帽子被风吹进那片区域，就由它去，让它烂在那里！不许追过去捡它！"

罗斯看上去很不安。"等等，博士。只是暴露几秒钟，真的也有伤害吗？"

"也许没有，"博士严肃地说，"前提是你接触的辐射总量是你能够承受的。但整个过程我们多少都会接触到一些辐射，哪怕我们有防护设备。辐射的危害是慢慢累积的，能避免的一定要尽量避免。如果不小心被辐射到，受伤的可能性就会更大。阿特！"

"啊？到，长官！"

"从现在开始，你就是医务官。你必须监督每个人一直都戴着X光胶片，我说的是一直，还有验电仪。我希望你按照手册的指引更换和冲洗胶片，并查看验电仪，填写好每一份表格，然后每周五早上向我汇报。如果发现任何异常，报告的频次要增加。明白了吗？"

"明白，博士。"

"除此之外，你还要为每个人安排一周一次的血液检验，去城里做。"

"我觉得我可以学着自己验血。"阿特主动提议道。

"这件事让普通的医务工作者去做吧。确保所有电子设备顺利运转，已经够你操心的了。还有一件事……"他环顾四周，等着他们把注意力完全集中起来。

"如果胶片或验血或其他任何检查结果显示有人可能接触了过量的辐射，我将不得不让他回家去接受治疗。这可不是'再给一次机会'的事。你们必须明白这个残酷的事实。规矩不是我定的，这是自然法则。如果你坏了规矩，就必须离开，我们会找人来顶替你的位置。"

他们都严肃地点了点头。阿特说道："博士？"

"怎么了？"

"如果是您的胶片显示辐射过量呢？"

"我？不可能的！如果真那样，你可以一下把我踢出门去……我很怕那玩意儿的！"

"都一样，"他继续严肃地说道，"你要像检测其他人那样检测我。我们现在去吃晚饭吧。今晚你和莫里负责帮厨，这样晚饭后罗斯就可以开始他的学习了。罗斯，明天你跟我五点就要起床，所以我们今晚得早点睡。"

"好的。去干什么？"

"去阿尔伯克基购物。"他不愿多解释。这个地方用不着枪支，购买枪支似乎是不必要的开销，他断定，那些在沙漠中待了很多年的人，从没有射击过。至于梦想中的旅程——一个人在月球上能开枪打什么呢？

但是连围栏禁区内都发现了闯入者的迹象，这让他感到很紧张。能发出狗叫声的警戒围栏每晚都在运作，阿特睡觉的时候耳朵里都能听到低功率电流通过电路发出的嗡嗡声。虽然迄今警报声都没有响起过，但卡尔格雷福斯博士依然很紧张。

凌晨三点，博士醒了过来，发现阿特正在摇晃他的肩膀，眼中还透着光。"博士！博士！醒醒！"

"啊？怎么了？"

"我听到扬声器里有动静。"

博士即刻下了床。他们俯身听着扬声器。"我什么也没听见。"

"我把音量调小了，但你应该可以听到的。它又来了，听到了吗？"匣子里确实传来了一声刺耳的响声，"需要我把其他人叫醒吗？"

"嗯……不要。暂时不要。你干吗开灯？"

"我想开着灯会安心点。"阿特承认道。

"我明白了。"博士匆匆穿上长裤和鞋子。"你先关灯10秒钟，我要从那扇窗户出去。如果我20分钟内没有回来，或者你听到动静不对，就叫醒其他人，一起出去找我。但你们一定要一起行动，任何情况下都不要分开。"他将一把手电筒塞进兜里说道，"可以了。"

"您不该一个人去。"

"别说了，阿特。我想这种事情我们不需要争论。"

"是的，但是……啊，好吧。"阿特站到了开关前。

灯再次亮起的时候，博士已经跳到了窗外，并蹑手蹑脚地从那边绕到机械工坊的后面。他悄悄地走进阴影中，让自己的眼睛适应黑暗。

这是一个无月之夜，沙漠寂静而神秘。猎户座在东边的天际闪着光亮。博士很快就分辨出了鼠尾草丛、围栏的立柱，还有百米外轮廓模糊的火箭。

工坊的挂锁没有被破坏的痕迹，窗户也都紧锁着。博士利用朦胧的夜色作掩护，走向飞船。

舱门虚掩着。他不记得最后一个离开的人是自己还是罗斯。即使是罗斯，他应该也不会忘记锁门。

他不太想进入火箭。他真希望自己之前在买枪的事情上能更果断些。此刻，他若是手里拿着一把手枪，会安心很多。

他把舱门推开，快步走了进去，又迅速弯下身子从门边躲开，生怕自己模糊的身影会成为靶子。他蹲在黑暗中倾听着，努力平复剧烈的心跳。确认没什么动静之后，他拿出手电筒，把它伸到离身体一臂远的地方，按下了电源开关。

驾驶舱空空如也。他如释重负，又悄悄穿过同样空无一人的货舱，然后进入发动机舱。这里也空荡荡的。看上去一切都没有被人动过。

他小心翼翼地离开火箭，这次确保舱门是上了锁的。他把小屋和工坊都彻查了一遍，努力确定围栏之内没有人。但在星空下，鼠尾草丛里可以藏得下50个人，只要他们蹲下来一动不动就不会被发现。

他走回小屋，靠近的时候向阿特吹了声口哨。

"您总算回来了，"阿特抱怨说，"我正准备叫醒大家，然后一起去找您了。有什么发现吗？"

"没有。监控的扬声器里还有动静吗？"

"什么声音也没有。"

"会不会是一头郊狼经过时碰到铁丝网了？"

"郊狼怎么可能穿过外面的围栏呢？"阿特反驳道。

"再查一下。这里有郊狼，我们听到过狼嚎。"

"仅凭狼嚎是无法判断出郊狼离你有多远的。"

"听你这话，你像是对沙漠很熟悉嘛！行了，就让灯亮着，你继续睡觉吧。我来守夜，反正再过一小时我也得起床了。爬回床上去吧。"博士坐下来，边抽烟斗边思考着。

去阿尔伯克基的路上，博士忙着操心昨夜的事。罗斯驾驶他那辆改装车的方式让他无暇思考别的，但罗斯的速度确保了他们进城之后有大把的时间去购物。

博士选了两支半自动步枪，那是低价出售的军用剩余物资。他还买了一把警用特种手枪。看到一支带伸缩瞄准器的高级运动步枪时，他垂涎欲滴，可惜囊中羞涩。再来几次紧急采购，或者推迟飞船升空的时间，他们就要破产了。

他订购了一些军用C类口粮①和K类口粮②作为旅行食品。店员登记订购单的时候，罗斯悄声说："在大多数太空旅行题材的小说中，主人公只吃压缩食品，你觉得我们可以那样吗？"

"用我这点钱是不行的，"博士回答道，"你们若想吃压缩食品，那随你们。我想吃可以咀嚼的食品。"

"行，就这样吧。"罗斯说道。

他们在一个苗圃前停留了一下，博士在那里订购了36株大黄幼苗。如果可能的话，他计划在月球停留期间，使用能够平衡氧气与二氧化碳比例的空气清新系统，用这些植物支持一半的植物生命周期。尽管整个往返行程中，他们将携带足够的液氧用于呼吸，但还是要设置一个"循环鱼缸"来补充、更新他们的空气供应，使他们能在月球上停留到食物耗尽的那一天。

他们还订购了大黄水培种植所需的化肥。买完这些，他们各自又拿上一罐巧克力麦乳精和一个汉堡，迅速回到营地。

他们到达的时候，莫里和阿特从工坊里跑了出来。"嗨，博士！嗨，罗斯！你们买回了什么好东西？"

罗斯给他们看了枪支。阿特很想马上试试，博士表示同意。莫里犹豫了一下后说道："对了，博士，今天CAB巡视员来了。"

"什么巡视员？"

---

① C类口粮：一种罐装预制的湿式口粮。
② K类口粮：一种单兵军用口粮，完整的一份可满足一名普通士兵一天的消耗。

"民用航空委员会①的巡视员。他收到了您的一封信。"

"我写的？里头写了些什么？"

"怎么了？信里要求他们派一名巡视员来检查火箭的改装情况，并准许飞行。我跟他说火箭还没弄好。"

"你还说什么了？你跟他提及核动力驱动系统了吗？"

"没有，但他好像知道了。他也知道我们正计划进行一次太空飞行。您为什么又如此高调了呢，博士？我还以为您要继续保密好长一阵子呢。"

"我是想保密的啊，"博士无奈地说道，"你跟他都说了些什么？"

"什么也没透露，我发誓。我认为这事应该由您来处理，所以我就装傻了。我还暗示了阿特，他也一样。我们做错了吗？"他焦急地继续说道，"我知道他是CAB派来的，但我觉得他应该跟您谈。我们是不是得罪他了？"

"我希望你们让他气得中风才好，"博士发了狠，"他根本就不是什么CAB巡视员，莫里。他就是个骗子。"

"啊？怎么会……可他有您的信呢。"

"伪造的。我敢肯定他之前就躲在门外的什么地方，就等我离开。你们有让他自己一个人待着吗？"

"没有。等等，只有一次，大概5分钟。我们去到火箭上，他又打发我们回来拿手电筒。我很抱歉。"男孩一脸难过。

---

① 美国民用航空委员会成立于1938年，1985年解散，该委员会有权发放执照，制定安全规则和其他飞行规则。

"别往心里去。这么做很正常，也很礼貌。你们又不知道他是假冒的。我想知道他是怎么进的大门。他是开车来的吗？"

"是的。我……大门当时锁着吗？"

"是的，但他也许是通过威吓管理员进来的。"他们边说边走向火箭。卡尔格雷福斯博士迅速检查了一遍火箭，但没有发现任何东西失窃。看来闯入者没有找到他想要的东西，也许是因为发动机还没有安装。

他还是担心那道上着锁的大钢门。"我得跑一趟大门那边，"他边走向汽车边说，"跟其他人说一声。"

"我来开车。"几个男孩都不喜欢让博士开车，在这方面他们并不敬重他，私底下甚至觉得他的开车风格很保守。

其他两人正对着无辜的锡罐浪费着弹药。莫里跑到那里冲他们吼了一嗓子："好了，快点。"过了一小会儿，他就发动了引擎，做好了加速准备，博士迅速坐到副驾座位上。

挂锁完好无损，但链条有一节被锯掉了，取而代之的是一根铁丝。"这就是了。"博士决定此事到此为止。

"我们要换条新链子吗？"莫里问道。

"费这个事干吗？他还是会用锯子。"

回程的气氛有些压抑。博士忧心忡忡。莫里觉得没有揭穿来人并把他关起来，是自己的责任，回想起来，他可以用十几种方法抓住那个人。

博士要求莫里在吃好晚饭之前守口如瓶。碗盘收拾完毕后，他向大家通报了这件不祥之事。阿特和罗斯沉着脸，但没有很激动。"这么说原来如此，"罗斯说道，"似乎有人不喜欢我们。"

"这人行事为何如此卑鄙?"阿特轻声说道,"我觉得他是老手了。"

博士冷静地说:"我不得不承认,伙计们,我一直很担心……"

"哎,您下令安装监控设备的时候,我们就知道了。"

"我想是吧。我不明白为什么有人要这么做。如果我们的太空旅行计划泄露出去……仅仅是出于单纯的好奇心我可以理解,但想想这个人这么大费周章,就不只是好奇那么简单了。"

"他一定是想窃取您的发动机,唐纳德舅舅。"

"那就是个神奇的冒险故事了,阿特,但这说不通。如果他知道我有火箭发动机,那他所要做的就是申请使用许可证,并使用它就行了。"

"也许他觉得您对委员会隐瞒了一些机密?"

"如果他真这么认为,他可以提交清查资金的申请,并要求对我进行稽查。他不必伪造信件,更不必打开大门。如果他能证明我有问题,我就会进监狱。"

莫里插话道:"关键不在于他为什么跑来窥探我们,而是我们要怎么做才能阻止他。我想我们晚上得值班才行。"他看了一眼那两支步枪。

"不,"博士表示反对,"阿特的报警电路网比哨兵还好用。而且我发现人在夜间其实也看不清外面的动静。"

"要不这样,"阿特插话说,"我把飞行雷达拿过来,安装在小屋的屋顶上。我可以设置让它扫描着陆物,这样它就能捕捉到附近区域内的任何动静。"

"不，"博士回答，"我不想冒着破坏设备的风险。它更重要的用途是在登月着陆上，而不是用来搜索闯入者。"

"哦，我不会弄坏它的！"

"我还是觉得，"莫里坚持道，"给他来上一枪是最好的解决办法。"

"这样更好，"阿特指出，"我会在瞄准镜里发现他。你就带上一部有300多米长电话线的电话，我会在黑暗中指引你一直走到他身边，然后你就抓住他。"

"听起来不错。"莫里很是赞同。

"别激动，"博士让他们冷静，"你们几个以为这里是狂野的西部呢？如果你们因为一个人非法闯入就给他一枪，法官那儿可就不好办了。你们这都是漫画书看多了。"

"我从来不看那玩意儿，"阿特坚决否认，然后又改口说，"反正不是经常看。"

"如果我们不能开枪，那还买枪干什么？"罗斯有些疑惑。

"问得好。你可以开枪，但必须确定那是出于自卫。这些枪的另一个用处是威慑后来的闯入者。你们可以开枪，但不要对着人开，除非对方先开枪。"

"好吧。"

"可以。"

"我希望他先开枪！"

"还有其他要说的吗？"

"还有一点，"阿特回应道，"假设闯入者切断了我们的电路该怎么办？我们所有设备都是用电的，照明、无线电，甚至扬声器。他可以在我们入睡后切断电源，然后在不被我们发觉的情况下将这里洗劫一空。"

博士点了点头，考虑了一下说："我本该想到这一点的。你跟我现在就去拉一条临时电线，连接火箭的电池和你的警报匣子。明天我们要架设紧急照明电路。"他说着站起身来，"走吧，阿特。你们也都动起来。现在是学习时间。"

"学习时间？"罗斯抗议道，"今晚吗？我们没法专心看书，今晚不行。"

"你倒是试试看，"博士坚决地说，"有些人就算等着上绞刑架，都还在写书呢。"

夜晚悄然而逝。第二天清早，罗斯和博士去到火箭那里，留下阿特和莫里在车载电池那边忙着架设紧急照明电路。博士计划在钍送达之前做好一切准备。他跟罗斯爬上火箭，很开心地工作起来。博士开始摆放工具，罗斯则欢快地吹着不成调的口哨，挤到了隔离装置的边缘。

博士一抬头，正好看到一道非常耀眼的强光，然后一股雷击般的冲力击中了他的脸庞，他整个人向后仰面倒下，随即撞上了火箭的一侧。

第七章

哪怕走路我们也要去

阿特摇晃着他的肩膀。"博士"，他那语气简直是在央求，"博士！醒醒啊，您伤得严重吗？"

"罗斯……"卡尔格雷福斯博士迷迷糊糊地说。

"我不是罗斯，是阿特。"

"可是罗斯……罗斯怎么样了？他……死了吗？"

"我不知道。莫里跟他在一起。"

"走，去看看。"

"但您……"

"我说了，过去看看！"然后他又晕了过去。

等他第二次醒来时，阿特正俯身看着他。

"舅舅，"他说道，"钍来了。我们要怎么做？"

钍……钍？他的头疼了起来，这个词好像没有任何意义。

"嗯……我就出去，再等……罗斯呢？他死了吗？"

"没有，他没死。"

"他伤得有多严重？"

"主要伤在眼睛上。其他没有任何伤口，但他看不见了。

钍的事，我该怎么跟他们说呢，舅舅？"

"哦，别管钍了！让他们带回去。"

"什么？"

他努力想站起身，但他的头太晕了，身体也太虚弱。他低着头，试图集中自己纷扰的思绪。"别犯傻了，阿特，"他暴躁地喃喃自语，"我们不需要钍。登月计划结束了，整件事都是个错误。把它送回去吧，那是有毒的。"他的眼睛乱转着，然后闭上了。"罗斯……"他又说道。

莫里和阿特用手轻轻触碰着他的身体，让他再一次醒了过来。他们坚持要对他进行检查，动作十分轻柔。"放轻松点，博士。"莫里提醒他。

"罗斯怎么样了？"

"呃……"莫里皱起了眉头，"除了眼睛，罗斯的身体看上去还好。他说他没事。"

"他瞎了吗？"

"嗯……他看不见了。"

"我们得把他送去医院。"博士坐起来，接着努力想要站起身。"哎哟！"他突然又坐了下去。

"他伤到脚了。"阿特说道。

"我们看一下。别动，博士。"他们轻轻脱下他左脚上的鞋，又剥下了他的袜子。莫里仔细摸了摸，问阿特："你觉得是怎么回事？"

阿特检查了一下。"不是扭伤就是骨折了。我们得给他拍个X光片。"

"罗斯在哪里？"博士不依不饶地问，"我们得把他送去医院。"

"知道，知道，"莫里表示同意，"我们也得把您送去医院。我们已经把罗斯转移到小屋了。"

"我想看看他。"

"马上！您稍等一下，我去开车。"

在阿特的帮助下，博士用没受伤的右腿撑住身体站立起来，然后一瘸一拐地往门口走去。从舱门下来的过程让他很痛苦，但他还是做到了。谢天谢地，最后他终于跌坐在了车座上。

"谁在那儿？"当两个男孩搀着博士走进小屋时，罗斯喊道。

"我们都来了。"阿特对他说。

博士看到罗斯躺在他的床上，眼睛上蒙着一块手帕。他一瘸一拐地走到罗斯跟前，用沙哑的嗓音问道："你还好吗，孩子？"

"啊，是您啊，博士。我挺得住，没那么容易死。您怎么样？"

"我没事。你的眼睛怎么样？"

"这个嘛，"罗斯承认道，"说实话，它们不太好用了。我只能看见紫色和绿色的光。"他声音平稳，语气居然有些欢快。他脖子上的脉搏在清晰地跳动着。博士想要去掀开手帕，莫里阻止了他。

"别去动它，博士，"他坚决地说，"没有什么好看的。等我们把他送到医院再说。"

"但是……好吧，好吧。那我们赶紧吧。"

"我们只是在等您，阿特会开车把你们送过去。"

"你接下来打算做什么？"

"我要带上一堆三明治和一支枪，爬上这棚屋的屋顶。我会一直待在那儿，直到你们回来。"莫里说道。

"但是……"博士耸耸肩，不再坚持了。

他们回来后，莫里从屋顶上爬下来，扶着博士蹒跚地走进小屋。罗斯则由阿特领着，他的眼睛被医生用绷带包扎好了，一副墨镜插在衬衫口袋里。

"情况如何？"莫里问着大伙儿，眼睛却紧紧盯着罗斯。

"现在还不好说。"博士一边郁郁地说，一边慢慢坐到一张椅子上。

"没有明显的损伤，但视神经的功能似乎瘫痪了。"

莫里啧了啧嘴，没说什么。罗斯摸到一张椅子，坐了下来。

"别紧张，"他劝莫里道，"我会好起来的。强光对眼睛造成了伤害，医生都跟我说了。这样的情况可能会持续大约3个月，然后就没事了。"

博士抿紧了嘴唇。他从医生那里知晓的信息比罗斯要多，罗斯的眼睛可能无法完全恢复，也可能会永久损伤。

"您怎么样，博士？"

"腿扭伤了，背部也拉伤了。他们帮我包扎了。"

"没有其他问题吧？"

"没有。为了安全起见，我们俩都打了破伤风疫苗。"

"好吧，"莫里很高兴地宣布，"那我觉得我们这个团队很快就能复工了。"

"不，"博士否认道，"不，不会了。从我们离开医院开始，我就一直努力想跟这两个傻瓜说明这件事，但他们都不肯听。我们结束了，团队破产了。"

几个男孩都一声不吭。他提高嗓门继续说道："不会再有登月之旅了，你们不明白吗？"

莫里冷淡地看着他："您说'团队破产了'，是指您的钱都花光了吗？"

"嗯……不完全是因为这个原因。我的意思是……"

"我有一些债券。"罗斯转过缠着绷带的脑袋大声说道。

"关键问题不在这里，"博士极其温和地回答道，"我很感谢你主动帮忙，不要以为我无动于衷，也别以为我想放弃。但我已经想明白了，这事做得很蠢，从一开始就非常愚蠢。但我任由我的欲望蒙蔽了我的判断力。我无权将你们这些孩子卷进来。你爸爸说得对，罗斯。我现在得尽我所能来弥补错误。"

罗斯摇了摇头。莫里瞥了一眼阿特，说道："你觉得呢，医务官？"

阿特一脸窘色，想说点什么但又改变了主意。他走到医药箱那儿，从里面拿出一根体温计，然后回到博士面前说："张开口，舅舅。"

博士正欲开口，阿特一下子把体温计伸进他嘴里。"我帮您测体温的时候，您别说话。"他警告着，看了一眼腕表。

"干吗，这是……"

"合上嘴！"

博士一边生气，一边妥协了。没人说话，直到阿特伸手取出体温计。

"多少度？"莫里问道。

"37.8度。"

"给我看看。"博士要求道，但阿特已经把体温计拿走了。博士站起身来，由于心不在焉，他把身体的重心一下子放到了伤脚上，突然跌坐了下去。阿特甩了甩体温计，擦干净后就收了起来。

"是这样的，"莫里坚决地说，"您不是指挥，我才是。"

"啊？你这是魔怔了吗，莫里？"

莫里说："你说怎么样吧，阿特？"

阿特看上去很尴尬，但还是坚持道："就是这样的，舅舅。"

"罗斯？"

"我不清楚他们要做什么，"罗斯慢慢说道，"但我明白他们为什么这么做。我支持阿特和莫里。"

博士的头又开始疼了。"我想你们都疯了，但这也没什么区别，因为不管怎样，我们都完蛋了。"

"不，"莫里说，"我们没有疯，我们是否完蛋还得走着瞧。关键是您现在在病号名单上，这样一来我就变成负责人了，这规则也是您自己定的。在您康复之前，您不能给我们下达任何命令或做出任何决定。"

"但是，"博士突然大笑起来，这是他几个小时以来第一次笑，"哈哈，你们可真是疯了。你们在利用我发低烧的机会趁火打劫，你们不能就这么把我放进病号名单。"

"您被认定为病号不是因为发烧，但您的名字会因此待在名单上。在您晕过去之后，阿特就已把您列为病号了，直到他解除为止——他这个医务官也是您任命的。"

"是的，但是……听着，阿特……你是从我受伤后就把我列为病号的吗？这难道不是你们为了绕开我而耍的花招？"

"不是的，舅舅，"阿特向他保证，"我跟莫里说您不想签收钍的时候，他就想跟您确认一下，但您当时昏死了过去。我们不知道该怎么办，结果莫里指出我是医务官，我必须判断您的身体状况是否适合继续履行职责，所以……"

"但你没有……不管怎么说，这些都无关紧要了。我让他们把钍带了回去，什么旅行也不会有了，也不会有医务官、副指挥。我们这个团队就此解散。"

"但我一直想告诉您，舅舅，我们没有让他们把钍送回去。"

"啊？"

"我签收了，"莫里解释道，"作为您的代理人。"

博士揉了揉额头。"你们这些孩子，你们赢了！但是，一切都没用了。我心意已决，整件事就是一个错误。我不打算登月了，都结束了。等等，莫里！我不是要跟你争执临时负责人的事——但我有权说话，对吧？"

"当然。您可以说话。但得等您好好睡上一觉，退了烧，我们再来决定。"

"好吧。但你们会看到事情将自行得到解决。你们需要我才能建造航空发动机，对吧？"

"嗯……是的。"

"这事你们不可能做到。你们学习了很多关于核能的知识，学得还很快，但你们的知识还不够。我甚至都没告诉过你们，这台发动机应该如何运转。"

"我们可以申请您的专利证书，甚至不需要您的许可，"罗斯插嘴说，"我们要飞往月球。"

"也许你们可以——如果你们能找到另一个核物理学家来跟你们合作。但那就不是我们这个团队了。听我说，孩子们。你们别看我在发烧，在你们的火箭测试中被重击后，我第一次如此清醒。我想解释一下，我们得散伙了，但是我不希望你们对我心怀怨恨。"

"您说'被重击'是什么意思？"

博士非常严肃地说道："在我们勘查了场地之后，我就知道，那起'事故'并非意外。有人重击了我，也许用的是一根金属棍。那时我不明白个中原因，现在我依然不明白。其实当这里出现闯入者时，我就应该明白的，但我当时没有认识到事情的严重性。昨天我才想到了原因。没人会冒着高风险假装一名政府巡视员，除非他谋求的是很大的利益，而且为此不择手段。这让我极度担心。但我还是不明白，为什么有人想要拥有我们目前的成果，当然，我原本也不认为他们会想杀了我们。"

"那您现在觉得他们是要杀了我们？"罗斯问道。

"这是明摆着的。这个假巡视员给我们设下了陷阱。他安放了一枚炸弹。"

"也许他是想破坏火箭，而不是杀了我们。"

"目的呢？"

"这个，"阿特说，"也许他们在角逐高级奖项。"

"破坏我们的火箭没法帮他赢得奖金。"

"没错，这么做可以阻止我们击败他。"

"也许是吧。这很牵强，但还算是一个不错的答案。不过原因其实并不重要。有人想扳倒我们，而且不择手段。这片沙漠前不着村后不着店。如果我出得起钱聘请一队安保人员来守卫这里，我们也许可以解决问题。但我做不到，而且我也不能让你们几个孩子挨枪子或炸弹。这对你们和你们的父母都不公平。"

阿特看上去执拗而不悦，莫里的脸像是一副冰冷的面具。最后莫里说："如果您想说的就这些，博士，我建议我们先吃饭，然后明天再议。"

"好吧。"

"还不行。"罗斯站起身来。他摸索着抓住椅背，努力稳住自己，"您在哪儿，博士？"

"在这儿，你的左边。"

"好的。现在我有话要说。我要去月球。总之我要去，不管您想不想去。即使我的双眼永远失明，我也要去；即使我需要莫里和阿特领着我才能四处走，我也要去。您想怎么做都可以，但您的话让我很吃惊，博士，"他继续说道，"您害怕替我们承担责任，对吗？是这样，没错吧？"

"是的，罗斯，是这样的。"

"但是您之前是愿意承担带领我们上月球的责任的。那可比在这里会发生的任何事情都危险，对吧？"

博士咬住嘴唇。"这次不同。"

"我来告诉您有何不同。如果我们在登月的时候送了命，我们几乎百分之百会死在一起，那样您也用不着回来向我们的父母解释一切。这就是不同。"

"够了，罗斯！"

"别想着教训我。您到底想干什么，博士？"他伤心地继续说道，"假设这事发生在月球上，您会这么婆婆妈妈、士气全无吗？博士，您真让我吃惊。如果您一遇到困难就神经崩溃，那我要选莫里做我们的固定船长。"

"别再说了，罗斯。"莫里轻声插了一句。

"好的。反正我也说完了。"罗斯坐了下来。

之后是一阵让人不自在的沉默。莫里开口打破了这沉默："阿特，你和我去弄点吃的吧。看样子学习时间要推迟了。"博士看上去很吃惊。莫里看到他的表情，接着说："当然要学习了，为什么不呢？阿特和我可以轮流大声朗读。"

博士那天晚上早早躺下，一直在装睡，所以他注意到莫里和阿特整夜全副武装，轮流放哨。但他忍住没有提出任何意见。

黎明时分，两个男孩都去睡觉了。博士忍着疼痛悄声起床、穿衣，挂着一根拐杖蹒跚地走向火箭。他想查看炸弹造成的损坏情况，但他首先注意到的是装着钍的箱子。因为箱子外面有防辐射包装，所以体积很大。看到原子能协会的印章完好无损，他心里松了一口气。然后，他弓着腰钻进火箭，慢慢走向发动机舱。

受损程度非常轻。他心想："做一点焊接和模锻①工作，再到锻造车间里加工一下就可以了。"他感到很困惑，小心翼翼地做进一步的调查。

他发现隔离装置后下方藏着6块像油灰一样的塑料片。尽管这些看似无害的小东西上没有引信，也没有连接线，但他不需要看设计图就知道这些东西是做什么用的。很明显，在单独留下的几分钟内，破坏者只能利用这点时间安装好一个"致命小玩具"。他的目的无疑是破坏发动机舱，顺便干掉那些不幸引爆炸弹的人。

他小心翼翼地取出这些炸弹，弄得大汗淋漓。然后又仔细搜索了一遍，看看还有没有其他炸弹。确定没有之后，他将那些东西塞进衬衣口袋，然后走了出去。因为拖着一条伤腿，他爬出火箭舱门时全身都在颤抖，感觉自己像一枚人肉炸弹。接着他一瘸一拐地走到篱笆围栏那里，用尽全力将炸弹远远地扔到那片受污染的地里。以防万一，他在扔出第一个之前，把它们全部从身上拿出来，因为他做好了摔倒的准备。但扔出第一个后，爆炸没有发生，显然，这些东西对震动不那么敏感。全部扔完之后，他转身往回去。那些炸弹就有待阳光和雨水去降

---

①模锻：指在专用设备上利用模具使毛坯成型而获得锻件的锻造方法。

解了。

他在小屋外看到了罗斯，后者把缠了绷带的脸转向早晨的太阳。"是您吗，博士？"男孩喊道。

"是的。早上好，罗斯。"

"早上好，博士。"罗斯边说边用脚蹭着地面，朝科学家走了过去，"是这样，博士，我昨天说了一些狠话，我很抱歉。我想那是因为我当时太沮丧了。"

"别放在心上。大伙儿都不好受。"他握住男孩摸索着的一只手问道，"你的眼睛怎么样了？"

罗斯的脸亮了起来："有好转。我起床的时候瞄了一眼绷带的下方。我可以看到……"

"太好了！"

"我可以看到了，但一切都很模糊，还有重影，也许还是三重影。但光线刺痛了我的眼睛，所以我就收回了目光。"

"听上去你会痊愈的，"博士谨慎地说，"但要慢慢来。"

"我知道。我说，博士……"

"怎么了，罗斯？"

"嗯……哦，没事，没事。"

"我知道你要说什么，罗斯。我改变主意了。昨晚睡觉前，我就改变主意了。我们要去完成它。"

"好极了！"

"这也许很好，也许很糟。我不知道。但如果你们对此事是这么想的，我会与你们并肩作战。哪怕是走路，我们也要去。"

第八章

飞向天空！

"这听起来才更像您，博士！"

"谢谢。其他人都起床了吗？"

"还没。他们昨晚没怎么睡。"

"我知道。就让他们睡吧。我们去外面的车里坐坐。扶住我的胳膊。"

他们坐下来之后，罗斯问道："博士，还要多久才能一切就绪？"

"很快了。怎么了？"

"是这样的，我认为问题的关键在于我们能多快出发。如果这些人企图阻止我们继续下去，那么他们总会有办法得逞的。我希望我们今天就走。"

"今天还不行，"卡尔格雷福斯博士回答道，"但应该用不了太久。首先我得安装好驱动装置，但这工作不过是把零件安装在一起而已。我见到你们之前就把一切都准备好了。"

"真希望这会儿我的眼睛没问题。"

"这工作我得自己做。我并不是想要把你们排除在外，罗斯，"他看到男孩的表情，急忙补充道，"我一直都没有解释过，因为我觉得要等所有装备都就绪了，才能更容易让你们明白。"

"嗯，它是怎么运作的？"

"你还记得基础物理学中提及的人类最早的涡轮机——海伦①的汽转球②吗？底部有一个小锅炉，顶部有一个像草坪洒水器一样的风车。你加热锅炉，蒸气从风车中冒出来，使其旋转。嗯，我的发动机的工作原理也差不多，只是把火换成了钍原子能反应堆，水换成了锌。我们让锌沸腾蒸发，得到锌的蒸气，然后让锌蒸气通过喷气发动机排出去。整个过程就是这样。"

罗斯吹了声口哨。"简单又利落。但行得通吗？"

"我知道这行得通。我当时是想试着建造一个锌蒸气发电装置，然后就想到了这个点子。我得到了我想要的坚硬且耐热的喷气管，但我无法让涡轮机立在它的下方，所有的叶片都被弄坏了。然后我才意识到我有了一个火箭驱动器。"

"真是妙极了！但是，您为什么不用铅呢？这样体积更小，质量更大。"

"是个好主意。这意味着将有更小的火箭发动机，更小的燃料室，更小的飞船，更小的自重。但质量大小不是我们的主要问题，我们必须有一台高速喷气发动机。我用锌是因为它的

_____

①海伦：古希腊数学家、力学家、机械学家，主要著作是《量度论》。
②汽转球：海伦最著名的发明之一，是已知最早能将蒸气转变成动力的机器装置。

92

沸点比铅低。我想让锌的蒸气过热，这样才能产生良好又高速的喷流，但不能超过我使用的减速器的稳定极限。"

"碳？"

"是的，碳石墨。我们用碳来调节中子流，用镉插件来控制运行速度。辐射被液态锌吸收。锌沸腾了，锌的蒸气呼啸着顺畅喷出。"

"我明白了。但您为什么不用汞呢？汞比铅重，沸点比铅和锌都低。"

"我也想用汞，但是太贵了。我们这个项目绝对要严格控制预算。"这时莫里从小屋门后探出头来，博士住口了。

"嗨！过来吃早餐啦，不然我们就把早餐扔出去。"

"别啊！"博士从车的一侧伸出一条腿，是那条伤腿，它踩到地面上时，他"哎哟"了一声。

"等等，靠着我。"罗斯建议道。

他们互相搀扶着，慢慢走了回去。"除了反应堆，"博士继续说道，"没有多少工作需要做了。依据计算结果，我已经把钍嵌入石墨里了。这样就剩两项工作：安装气闸室①和测试运行。"

尽管这枚火箭曾经在大气层上方进行过跨越大西洋的飞行，但它没有气闸室，因为它的设计者从未打算在脱离地球的

---

①气闸室：出入气压不同的空间时要用的设备。在太空探索中，载人航天飞船均设有气闸室。气闸室由钢板圆筒制成，两端均有密封门，其中一扇从外向内开，另一扇从气闸室通向高压气室，两扇门都带有阀门以放进或排出压缩空气。

任何地方打开它。如果他们要在月球表面行走，就需要一个气闸室——一个有两扇密封门的小隔间。博士计划在现有的门框内侧焊接一个钢厢，再设一扇朝里面打开的密封门。

"您装配反应堆的时候，我可以来焊接舱体，"罗斯主动提议，"前提是我的眼睛能及时恢复。"

"就算它们能及时恢复，我也不觉得让它们盯着焊接发出的电弧光是明智之举。其他人不能搞焊接吗？"

"这个嘛，其他人也可以，但是我们私下说一句，我的焊接水平更高。"

"我们回头再看看吧。"

吃早餐的时候，博士把他打算继续干下去的决定告诉了阿特和莫里。阿特激动得脸色发红，说话都开始不利索了。莫里严肃地说："我就知道您的体温一夜就能降下去。现在我们要怎么做？"

"还和原计划一样，但要尽全力加快进度。你的工作进展如何？"

"嗯，我下午就可以做完了。陀螺仪温顺得像小猫咪。我一直在计算霍曼转移轨道①和S轨道，都快算吐了。"

"好的。那你专心把物资弄进来就好。你呢，阿特？"

"我吗？所有设备的线路我都连接好了。两个雷达也都就位了。我还有几个小问题，想在调频电路上试试。"

---

①霍曼转移轨道：一种变换太空船轨道的方法，途中只需两次引擎推进，相对地省燃料。此种轨道操纵的命名源自德国物理学家瓦尔特·霍曼，他于1925年出版了相关著作。

"就这样算行吗？"

"足够好了，我想。"

"那就别再玩无线电设备了。我可以找些事给你做。"

"哦，好的。"

"阿特要安装的那个雷达屏幕呢？"莫里询问了一句。

"什么？哦，你是说要给我们那位不速之客准备的雷达屏幕吗？嗯……"博士思索了一会儿，"罗斯觉得挫败闯入者的最好办法是我们尽快离开这里，这一点我也同意。我不想让雷达脱离飞船，那么做是浪费时间，而且也有可能会弄坏一件我们缺不得又换不起的设备。"

莫里点点头说："是的。我还是觉得一个有枪在手的人比一个小装置更管用。看看这里，我们有四个人呢，每人每晚站岗两个小时就好了。"

博士对此表示赞同。大家提出了各种计划，作为人力护卫和带电围栏的补充措施，但都被否决了，因为这些计划要么太耗时要么太费钱，或者不切实际。最终大家决定维持现状，但晚上要一直亮着灯，还有就是在飞船的周围拉起一根绳子。所有线路都要连接到飞船的电池上，当电源被切断时，可以自动用上飞船的电力。

到了周三，当博士坐下来吃午餐时，心里感到很满意。钍动力反应堆已经就位，安放在修复后的隔离装置后面。这本身就是件好事，他不喜欢处理放射性元素这项精细而危险的工作，尽管他穿了防护罩，并用钳子进行操作。

反应堆已经建好。气闸室已焊接完成，它的气密性也通过了测试。几乎所有的物资都搬上了飞船。火箭加速时他们要用的吊床也由阿特和罗斯造好了（博士和莫里将会在两张飞行员座椅上安全地承受住发射时的动力冲击）。动力反应堆也在以低功率运行。博士感觉一切都很顺利，仪表板上都亮起了绿灯。

那个假巡视员再也没有出现，夜间的值守也没有受到干扰。最棒的是，罗斯的视力持续改善。周一的时候，眼科专家宣布他已经痊愈，只要再戴几周的墨镜就没事了。

博士依然因扭伤瘸着腿，但他已经扔掉了拐杖，没有什么事让他心烦。他思考着他将为《物理评论》撰写的一篇论文。"太空飞行中某些已经证实的实验因素"似乎是个不错的题目，作者：唐纳德·莫里斯·卡尔格雷福斯博士。理学学士、理学博士、法学博士、诺贝尔奖获得者、国家科学院院士、法国科学院院士等荣誉还不属于他，他只是先这样设想着。

汽车停在了外面，阿特拿着邮件走进来。"有信件！"他跟他们打招呼说，"一封是你父母寄来的，罗斯，还有一封来自你倾心的人造金发女孩。"

"我没有倾心于她，而且她是个天然的金发女孩。"罗斯强调说。

"随便你怎么说，你自己知道。你有三封信，莫里，都是公事。余下是您的，博士。"最后，他手里只剩下一封他母亲的来信。"又吃杂拌菜。"他补了一句。

"这是为了让你提前习惯要在月球上吃的食物，"厨师莫里说道，"我说，博士……"

"怎么了，莫里？"

"信上说罐头食品在城里的邮局。我今天下午去拿。其他两封是账单。这样，事情就都完成了。"

"很好，"他一边撕开一封信，一边心不在焉地回答道，"你帮我和罗斯处理测试台的事情吧。现在就只剩这一项大的工作了。"他打开信件看了起来。

然后他又重读了一遍。过了一会儿，罗斯注意到他连饭都不吃了，就问道："出什么事了，博士？"

"没什么大事，就是觉得有些奇怪。丹佛那边的装备公司无法提供试飞时要用的安装在测试台上的测力计。"他把信递给了罗斯。

"这种不利情况会对我们造成多大影响？"莫里问道。

"我还不知道。我会跟你一起进城。我们午餐后就出发，我得打电话到东海岸去，不能被时差耽误。"

"好的。"

罗斯把信递了回去。"不是还有很多地方可以买到吗？"

"谈不上'很多'，价值百万元的测力计不是库存货物。我们再试试联系鲍德温机车公司。"

"我们为什么不自己造呢？"阿特问道，"'追星号'系列火箭上的测力计就是我们自己造的。"

博士摇了摇头。"尽管我觉得你们的动手能力很强，但这需要全套的机械工具和盘扭工具，有些工作还需要特殊的器械。但说到'追星号'系列，"他继续说道，刻意转换了话题，"你们觉察到没有，我们还没给飞船命名呢？'追星六号'你们觉得怎么样？"

阿特喜欢。莫里反对，他觉得应该是"追月号"。但罗斯另有想法。"'追星号'对于我们的火箭模型来说是足够好的名字了，但不适合登月飞船，我们想要一个更……哦，我说不好，我想是个更庄严的名字吧。"

"叫'先锋号'？"

"老土。"

"叫'雷神托尔'①吧，与它的驱动方式吻合。"

"很好，但还不够。"

"我们叫它'爱因斯坦'吧。"

"我知道你们为何要用爱因斯坦博士来命名飞船，"卡尔格雷福斯博士插话说，"或许我想到的这个名字对你们来说也有同样的象征意义。'伽利略号'如何？"

没有分歧，伽利略俱乐部的成员们再次一致同意。作为第一个看到和描述月球山脉的人，他的名字本身就代表着人类对科学和自由坚持不懈的追求。这位探索者的名字对他们来说犹如天籁。

博士想知道，三个多世纪之后，他们自己的名字是否会被后人铭记。这个需要诸多运气，哥伦布就没有被遗忘。如果运

---

①雷神托尔：北欧神话中的雷电与力量之神，同时还司掌风暴、战争和农业。

气耗尽了，火箭坠毁倒是能让他们死得干净利落。

运气似乎正在耗尽，没有什么比一枚注定毁灭的、燃烧着的火箭更壮观了。博士在电话亭里汗流浃背，待到东海岸时间五点多钟，随后又待了1小时，直到芝加哥时间也五点多了，他才承认，他需要的那种尺寸的测力计在这么短的时间内是买不到的。

他责怪自己出了纰漏，忽略了因经济原因而无法实现从丹佛公司获得这些工具的可能。他原本是想买二手设备的，自责带给了他慰藉。

博士爬上载满东西的小汽车时，莫里注意到他拉长的脸。"还是不行吗？"

"不行。我们回营地吧。"

他们在沙漠公路上疾驰了几分钟，伴随着令人不安的沉默，最终莫里开了口："您看这样如何，博士？用您原计划使用的设备在地面上来一次控制性测试，但不用测力计。"

"这有什么用？我得知道推力有多大才行。"

"我正要说这个呢。我们让一个人上火箭，由他来盯着加速度计，当然是摆式加速度计，不是积分式的，它的读数单位是 g。我们若计算出重力与当时火箭总重量的比值，就能得出以磅①为单位的推力。"

博士犹豫着。这男孩的错误显而易见，而且很容易犯，他

---

① 磅：英美制质量或重量单位，1磅≈0.4536千克。

很想在不伤害他自尊的情况下帮他指出来。"这是个聪明的计划，只是我得能遥控才行——新型的原子裂变发电装置总是存在爆炸的可能。但问题还不在这里。如果火箭是固定在地面上的，那不管产生多大推力，它都没法加速。"

"哦！"莫里说道，"嗯，我完全错了，博士。"

"这种错误是在所难免的。"

车又行驶了8千米，莫里再次说道："我想到了，博士。'伽利略号'必须自由飞行，加速度计上才能显示推力，对吧？那好，我来负责试飞。先听我说，听我说，"他又迅速说了下去，"我完全知道您要说什么，那就是不到万不得已，您不会让任何人去冒险。飞船也许会爆炸，或是坠毁。好吧，它也许会这样。但这是我的职责。对于这次旅行，我并非不可或缺，您才是。您又不得不让罗斯担任飞行工程师，阿特得负责雷达和无线电。您本就不需要二号飞行员，所以我是这次试飞的唯一人选。"

博士努力让自己的声音听起来冷漠些。"莫里，你这些分析背后的心意值得称赞，但并不理智。即使你所说的都没错，最后的结论也不见得就对。如果我们能飞得成，那我也许是重要的。但如果试飞出了岔子，如果动力反应堆爆炸了，或是飞船失控坠毁了，那我们就不会有任何旅行，我也就不重要了。"

莫里莞尔一笑："您可真是一针见血，博士。"

"这是要给我挖坑啊？好吧，我也许是年纪大了，耳根软了，但我不是老糊涂。不管怎么说，你已经给了我答案。我们跳过控制性测试这个环节，直接试飞吧。我来试飞。"

莫里吹了一声口哨，问道："什么时候？"

"我们一到营地就进行。"

莫里一脚把油门踩到底，博士突然满心懊悔，想着要是等回到营地再做决定就好了。

40分钟后，他发出了最后几个指令："你们现在开车离开保留区，去16千米外找一个能看到营地的地方，你们可以躲在一个路堑或什么东西的后面。如果你们看到蘑菇云，不要回来，继续开车进城，向当局报告。"他递给罗斯一个公文包，"万一我完蛋了，你就把这些东西交给你父亲。他会知道该怎么办。出发吧。我给你们20分钟。我的表显示，此刻是5点07分。"

"等一下，博士。"

"怎么了，莫里？"他的声音听起来紧张又烦躁。

"我征求了罗斯和阿特的意见，他们同意我的看法。'伽利略号'是可以牺牲的，但您不可以。他们希望您能留下来再试一次。"

"这个话题到此为止，莫里。"

"这次我可以替您去。"

"你这是在胡闹，莫里！"

"好吧，长官。"他爬进了车里，其他两人挤进去坐在他身旁。

"再见！""祝您好运！"

他们驾车离开的时候，他冲他们挥了挥手，然后就朝着"伽利略号"敞开的舱门走去。突然间，他觉得异常孤独。

男孩们找到了博士所说的那样一个地方，一道斜坡，然后在坡后面蹲了下来，就像战壕里的士兵。莫里有一个小型望远镜，阿特和罗斯则拿着他们测试模型火箭时用的剧场望远镜。

"他把舱门关上了。"莫里告诉大家。

"几点了？"

"我的手表是5点25分。"

"现在，他随时会起飞。睁大你们的眼睛。"即使透过剧场望远镜看，飞船看上去也很小。莫里的视野稍微好一点。突然他大叫起来："来了！哇！"

即使在阳光下也是亮银色的尾部喷气发动机已经开始喷火。飞船没有动。"头部喷气发动机也开动了！"苯胺和硝酸从前部喷出红色的火焰。配备了头部和腹部喷气发动机的"伽利略号"可以在没有发射平台或弹射装置的情况下起飞。它现在又启动了腹部喷气发动机，"伽利略号"的船头立了起来，但头部和尾部的喷流方向相反，使得飞船被固定在一个地方。

"他起飞了！"头部红色的气流被突然切断，飞船迅速飞离了地面。他们大气都没来得及喘，飞船就已经在他们的头顶上空了，然后离他们越来越远，朝着地平线疾驰而去。飞船越过群山，消失在视线之外，三个人同时呼了一口气。"天哪！"阿特轻呼道。

罗斯开始拔腿就跑。

"嗨，你要去哪儿？"

"回营地去！我们得在他回来之前到达那里！"

"哦！"他们跟在他后面拼命狂奔。

罗斯以前所未有的速度把车开回营地，但车速还是赶不上他们迫切回到营地的心。他们并未提前到达。汽车突然停下时，"伽利略号"已经越过地平线飞了回来，朝下的头部发动机急刹住了。

它急速俯冲而来，喷气发动机已经熄火。头部喷流正对着它起飞的地面喷着火。博士利用腹部喷气发动机把飞船拉升了一下，它平稳地停住了。莫里惊叹地摇了摇头。"这着陆太酷了！"他满怀敬意地说。

博士从舱门跌落出来，被激动不已的男孩们接住了。他们一边叫喊，一边拍着他的后背。

"飞船表现如何？好操控吗？"

"丝毫不差！驱动喷气发动机的控制有点迟缓，但这一点我们都预料到了。它一旦加热，就不会放缓速度。你必须摆脱蒸气压力。我都到了去俄克拉荷马州的半路上了，放慢速度才掉头回来的。"

"哇，天哪！这飞船太厉害了！"

"我们什么时候出发？"

博士的脸色严肃起来。"熬夜收拾东西，你们可以吗？"

"当然了，您尽管让我们试试吧！"

"那就说定了啊。阿特，上飞船去，启动无线电装置。联系联合通讯社盐湖城分社，还有合众国际社。打电话给电台新闻服务部，让他们带电视摄像机到这儿来。这事不用再保密了。让他们意识到这里有新闻可以报道。"

"我这就去！"他手脚并用地爬上了飞船，然后在舱门那里停了下来，"我说，如果他们不相信我怎么办？"

"要让他们相信你。告诉他们可以打电话给委员会的拉克斯比博士进行核实。告诉他们，如果他们不来，就会错过最大的独家新闻。还有，用无线电联系林务局的布坎南先生。他一直在帮我们保密，这件事我们必须算上他。"

午夜时分，工作基本完成。博士坚持让他们轮流去躺一下，一次两个人，不是为了睡觉，只是为了在旅程开始前，让大家避免精疲力竭。腹部和头部喷气发动机的油箱都加满了油，专门安装的备用油箱也满了。为主发动机提供动力的几吨锌以及同等重量的后备锌粉已准备就绪，还有食物和精心配给的水，全都搬上了飞船（水不是问题，空调会清除他们呼出的水蒸气）。液氧罐已经灌满。博士自己带上了两把步枪，以防他们回程中可能降落在野外的某个地方……为了尽量节省空间和重量，他们甚至把为数不多的书籍的封皮都拆了下来。

他很疲惫，只有精心准备的清单能让他确定飞船各方面都准备好了，或者说很快就完备了。

男孩们都很累，迷茫又兴奋。莫里把他们的升空轨道算了三遍，虽然每次都核查到小数点后两位，但他还是很紧张，生怕自己犯下愚蠢的致命错误。直到博士从头算起也得出相同的答案，他才感到安心。

大约半夜一点的时候，管理员布坎南先生出现了。"这是新墨西哥州中部的精神病院吗？"他乐呵呵地问道。

博士承认了。"我一直在想，你们几个到底在忙活什么。"管理员继续说道，"我当然看到你们的飞船了，但你们传来的口信还是让我大吃一惊。我觉得你们都疯了，希望你们不要介意。不过我还是要祝你们好运。"

"谢谢。"博士带他参观了飞船，并向他详述了他们的计划。那是个月圆之夜，月亮1小时前升到了最高点。他们计划天亮后就起飞，因为那时月亮正在西沉，这有助于他们摆脱地球的自转。但是，在试飞之后，博士并不在乎这点了，因为飞船动力十足。12个小时后飞船时速才可以增加近2500千米，这让他无法忍受。

他之前已经将飞船朝西着陆了，这样就不用费力再去挪动它。

布坎南看了一下布局，想知道喷气发动机到时候会对着哪里喷。博士指给他看，于是布坎南问道："您安排警卫了吗？"

说实在的，博士把这件事给忘了。"不要紧的，"布坎南说，"我来打电话给泰勒队长，让他们派些警察过来。"

"不用打电话了，我们用无线电。阿特！"

凌晨四点，媒体开始出现。警察到达的时候，博士知道，他最大的麻烦已经解决了。这个地方人挤人，从外围的大门到围栏都需要有专人护送，以确保没有人在危险重重的模拟战场上开车。他们一旦进入围栏，就需要警察伸出坚定的双手拦住他们，防止他们拥向飞船。

五点时，他们在营地里吃了最后一顿早餐。一名警卫守在门口，让他们能有片刻的清静。博士拒绝接受采访，他提前准备了打印好的传单，请布坎南帮忙分发。但只要他一背过身去，男孩们就会被人拖住。最后泰勒队长给每个人都配备了一名护卫。

他们大步流星地走进四周都有警卫守护着的空荡荡的广场，向飞船走去。闪光灯照得他们眼花缭乱，电视摄像机跟拍着他们的一举一动。很难想象就在几个小时前，在同一个地方，他们还在担心黑暗中悄无声息的闯入者。

博士让男孩们登上飞船，然后转身对着布坎南和泰勒队长说："还有10分钟，先生们。你们确定能清场吗？我就座之后，就看不到周围的地面了。"

"别担心，卡尔格雷福斯船长，"泰勒向他保证，"就10分钟。"

布坎南伸出手说："祝您好运，博士。给我带点绿色奶酪①回来。"

一个男人趾高气扬地走了过来，躲过了一个警卫，然后把一张折叠着的纸塞进博士的手里。"嗨，那是什么东西？"泰勒厉声问道，"回到你的地盘上去。"

那个男人耸了耸肩说："这是法庭命令。"

"啥？什么方面的？"

"对这艘飞船的临时禁飞令。命令他出庭说明为什么不应该对它发布永久禁令，以制止他故意危害未成年人。"

———————————

①此话源于英语谚语"月球是用绿色奶酪做的"。在16、17世纪的英国，人们常用"你能让我相信月亮是用绿色奶酪做的"来表示一件荒谬可笑、只有极易上当的人才会相信的事情。

博士愣住了。他感觉周围的世界正在崩塌。罗斯和阿特出现在他身后的舱门口。"博士，出什么事了？"

"嗨！你们几个男孩，从那里下来，"那个陌生人喊道，接着又对泰勒队长说，"我还有另一份文件，授意我代表法庭把他们看管起来。"

"回到飞船上去。"博士坚决命令道，然后打开了文件。文件看起来似乎没有问题，上面写着新墨西哥州什么的。陌生人开始劝告他。泰勒拉住了他的胳膊。

"别着急。"他说道。

"谢谢，"博士说道，"布坎南先生，我能跟您说句话吗？队长，可否请您盘问一下这家伙？"

"不不不，我可不想惹麻烦，"这个陌生人抗议道，"我只是在履行我的职责。"

"这可不好说。"博士若有所思地说道。他领着布坎南绕过飞船的头部，然后把文件给他看。

"看上去没什么问题。"布坎南承认道。

"也许吧。这里说是州法庭的命令。但这块地方是联邦的领地，对吧？事实上，泰勒队长和他的手下到这里来，是应您的邀请并经您同意的，没错吧？"

"嗯……是的，确实如此。"布坎南突然把文件塞进自己的口袋里，"我来对付他！"

"等等。"博士快速地跟他说了此前那个假巡视员的事，还有那些闯入者，除了给华盛顿的CAB办公室写过一封信，他一直隐瞒着管理员。"这家伙也许是假冒的，或者听命于假冒者。在您跟所谓签发了这个命令的法庭联系核实之前，不能放走他。"

"我不会放走他！"

他们走了回去。布坎南把泰勒叫到一旁。博士不客气地抓住了陌生人的胳膊，那人大声抗议。博士问道："给你的眼睛来上一拳如何？"

博士比那人高了15厘米，体格又很结实。那个陌生人闭上了嘴。过了一会儿，泰勒和布坎南走了回来。州警队长说道："你们如期于3分钟后起飞，船长。我要确保人群都离开。"他转身喊道："嗨！斯旺森警佐！"

"在，长官！"

"看管好这家伙。"他指着那个陌生人说道。

博士爬上飞船。转身关舱门的时候，他听到了阵阵欢呼，从参差不齐变成一阵响亮的呼喊。他关紧舱门，锁上，然后转身说道："各就各位，伙计们。"

阿特和罗斯小跑着去位于飞行员座位正后方他们的吊床前。这些吊床是垂直的，更像是垂直支撑的担架，而不是花园吊床。他们把安全带系到膝盖上和胸前。

莫里已经坐在座椅上，双腿紧绷，系好了安全带，头靠在减震垫上。博士坐在他旁边的座位上，小心翼翼地照看着自己的伤脚。"一切就绪了，莫里。"他瞥了一眼仪表板，特别注意锌的温度和镉阻尼板的位置。

"一切就绪，船长。您准备好了就启动它吧。"

他系上了安全带，瞥了一眼面前的石英玻璃窗屏。在他的视野范围内，场地上空无一人。他们的目的地在他前方凝视着他，又圆又美。他右侧的扶手上安装着一个很大的压纹旋钮。他抓住了它。

"阿特？"

"就绪，长官。"

"罗斯？"

"就绪，船长。"

"副驾？"

"就绪，船长。时间：6点01分。"

他将旋钮慢慢扭向右边。在他身后，镉阻尼板在遥控器的控制下慢慢地从一格格的石墨和钍之间撤出，使得数以百万计的中子发现，找到钍原子并破坏它们变得更容易了。饱受煎熬的原子核不再运转，而是把能量用来煮沸熔化的锌。

飞船开始颤抖。

他用左手控制着头部喷气发动机的喷流，使其与后方不断加码的喷射保持平衡。他加大了腹部喷气发动机的喷流，飞船直立起来，接着他切断了头部的喷流。

"伽利略号"向上冲了出去，冲力使他们的身体紧贴着靠垫。

他们向着天空飞去，越飞越远。

第九章

进入太空深处

对罗斯和阿特来说，世界似乎来了个让人头晕目眩的90°旋转。他们绑在直立的吊床上，一直站立着。他们的视线没有望向卡尔格雷福斯博士和莫里，而是越过指挥室舷窗落在月亮和西方的地平线上。

飞船起飞的时候，他们仿佛突然受到一股强大的向后的推力，整个人平躺着被重重地推入垫子和弹簧床里。喷射时产生的强大推力迫使他们紧贴着弹簧床，并将他们固定在那里。驱动力使他们向"上方"行进。

但前方的月亮依然冷冰冰地透过指挥室舷窗回望着他们。"上方"也是"西方"。从他们平躺的位置上看，卡尔格雷福斯博士和莫里就在他们的上方，支撑驾驶座椅的重型钢制推力构件使他们不至于掉落到罗斯和阿特身上。

月亮闪着微光，在空气的压缩波①中看去像是在蒸腾。冲

---

①压缩波：在气体动力学中，波是扰动区和未扰动区的分界面。若穿过此界面，扰动使气体的压强升高，则此波称为压缩波；反之，则为膨胀波。

击着飞船表面的快速流动的空气分子发出的尖叫声，比他们身下喷气发动机持续的轰鸣声还要响，也更让人紧张。当他们向西飞行并不断攀升的时候，地平线开始下降，离圆月越来越远。飞船平直上升，渐渐笼罩在阳光之中。他们起飞时，天空还是清晨朦胧的灰色，现在变成了午间的湛蓝。

天空开始变紫，星星随之出现。气流的尖叫声没那么恼人了。博士打开他的陀螺仪，让机器人飞行员乔纠正他的初始航向。月亮看上去慢慢向右移动了大约它自身直径一半的距离，然后稳定下来。"大家都还好吗？"他喊道，暂时不再去注意那些控制装置。

"我感到自己发胀了！"阿特大声回应道。

"感觉有人坐在我胸口上。"罗斯补充说。

"什么？"

"我说有人坐在我的胸口上！"罗斯喊道。

"好吧，再等等。那人的兄弟很快也会来的。"

"您说什么？"

"没什么！"博士喊道，"没什么要紧的。副驾驶！"

"到，船长！"

"我要开启全自动驾驶了。准备好检查我们的航向。"

"明白，明白，长官。"莫里把脸靠近他的八分仪，又稍微转了一下头，好让自己能轻易看到飞船腹部雷达的扫描范围。他把头扎进垫子里，夹紧了胳膊和手，他知道接下来会发生什么。"太空领航装置就绪！"

天空现在是黑漆漆的，星星都特别明亮。月亮的影像不再晃动，气流发出的那诡异的尖叫声也消失了，只剩下飞船的发动机不知疲倦的轰鸣声。他们已经攀升到大气层的上方，高而自由。

博士喊道："抓好帽子，伙计们！我们开始啦！"他把控制权完全交给了机器人飞行员乔。那个没有头脑的、由机械和电子控制的家伙像是摇了摇它那不存在的脑袋，断定自己不喜欢这个航向。参照飞船的正常方向，月球继续往"下"朝向船头，直到飞船朝着月球偏东近40°的方向飞行。

乔调整了飞船的方向，让"伽利略号"朝着它与月球相遇时月球应在的位置飞去，而不是飞向月球此刻的位置。乔把注意力转向喷气发动机，镉板又往回收了一点，动力确实开始增强了，飞船开始加速。

罗斯觉得他的胸口上现在坐着一家人，呼吸变得很困难，眼睛也开始模糊起来。

哪怕乔是有情感的，它也不会为自己刚刚所做的事情感到骄傲，因为它的决定早在飞船离地之前就已经由他们帮它设置好了。经过博士的同意，莫里从几个三维摄像头中选择了一个，并将它安装在乔的"肚子"里。这个摄像头"告诉"乔要沿着什么样的航向去往月球，先往哪里走，要让火箭飞多快，以及要将那种飞行状态保持多久。乔看不见月球，也从未听说过月球，但它的电子感官可以感知飞船是如何根据陀螺仪稳定又持续的旋转而前进的，然后它就可以根据"肚子"里的摄像头所指示的方向操控飞船前进。

摄像头本身的设计者是乔的一个"远房表哥"——宾夕法

尼亚大学的"埃尼亚克"计算机①。通过飞船上的小型天文导航计算机，莫里或博士可以解决任何必要的问题，并手动控制"伽利略号"。但乔在"埃尼亚克"的帮助下，可以更好、更快、更准确地完成同样的事情，而且小心谨慎又不眠不休，只要人类飞行员知道应该要求它做什么以及如何要求它。

乔不是博士发明的，而是成千上万位科学家、工程师和数学家合力发明了它。像它一样的机器人飞行员出现在地球上空呼啸而过的每一艘火箭飞船上，无论这飞船是私人的还是商用的，是载人的还是无人的。

乔遵照摄像头的指令行事。跨越大西洋或登月旅行，对它来说都一样。它不在乎，甚至都不知道两者的区别。

博士喊道："你们那边情况如何？"

"还好吧，我想。"罗斯回答道，声音显得很吃力。

"我很难受。"阿特呻吟着承认道。

"用嘴呼吸。深呼吸。"

"我做不到。"

"好吧，坚持住。不会很久的。"

其实他们只全速前进了55秒，执行摄像头指令的乔就觉得不需要再全速飞行了。镉阻尼板滑入动力反应堆的更深处，阻挡了中子的运动。飞船发动机的咆哮声减弱了。

飞船没有减速，它只是停止了全力加速。它保持了原有的

---

① "埃尼亚克"计算机：世界上第一台通用计算机，即电子数字积分计算机，于1946年2月14日在美国宾夕法尼亚大学诞生。

速度，而太空的真空环境没有摩擦力，因此也没有减缓它的速度。虽然加速度被降至一倍的地球重力加速度——1g，但也足以克服地球的强大引力，从而使飞船不受限制地加速前进。事实上，飞船的加速度略低于1g，因为地球引力已经减弱，且会一直下降，直到抵达位于30多万千米外的太空中的转换点，那里月球引力和地球引力相等。

对于飞船上的四人来说，在喷气发动机驱动产生的人造重力的作用下，喷气发动机驱动力的减弱使他们的重量略低于正常重量。这种虚假的"重力"与地球引力无关——只有当一个人停驻在地球上，并得到大地、海洋或空气的支撑时，他才能感受到地球引力。

地球引力在外太空中依然存在，但人的身体感官却无法感知它。如果一个人从很高的地方坠落，比如说8万千米的高空，那对他来说不像是自己在下坠，而是地球在迎着他向上升。

在强大的初始驱动力减弱之后，博士再次冲阿特喊道："感觉好些了吗，孩子？"

"我现在没事了。"阿特回答。

"很好。想到视野更好的前面来吗？"

"想啊！"阿特和罗斯齐声回答道。

"那好，小心脚下。"

"好的。"两个人解开安全带，借着焊接在飞船内侧的把手和脚蹬爬进了驾驶舱。他们分别蹲在飞行员座椅两侧的支架上往外看去。

改变航向后，他们在吊床那里已看不到月球。在新的位置上，他们可以看到月球，就在指挥室舷窗的"下方"。虽然月球离他们还不够近，没有显而易见地变大，但它泛着十分闪亮的银白色光芒，照得他们的眼睛生疼。在漆黑的太空中，月亮周围的星星就像一颗颗坚硬又耀眼的钻石，不再闪烁①。

"瞧那儿，"罗斯低声说，"第谷环形山闪亮得像个探照灯。哇！"

"真希望我们能看见地球，"阿特说道，"这飞船要是多几个观景舷窗就好了。"

"就这么点预算，你还能指望什么？"罗斯问道，"听到报时钟声了吗？'伽利略号'可是艘货运飞船。"

"你可以在我这边的观察镜里看。"莫里说着，打开了飞船腹部的导航雷达。几秒钟后屏幕亮了起来。阿特一眼就看出这雷达是出自他手，但屏幕上的画面令人失望。从方位和距离上看，地球只是飞船后方的圆圈边缘上一团模糊的光。

"我想要的不是这个，"阿特表示不满，"我想看到它。我想看到球状的它，还有上面的陆地和海洋。"

"那你要等到明天了。等我们熄火并调转方向时，你就可以看到地球，还有太阳。"

"好的。我们的速度有多快？算了，我看到了，"他瞥了一眼仪表板，继续说道，"时速5300千米。"

---

①在地球上看到的星星会闪烁，是因为地球大气层对光有散射与折射。而太空中没有大气层，因此在太空看到的星星不会闪烁。

"你看错了，"罗斯纠正他说，"时速是23100千米。"

"你疯了。"

"才不是。是你的眼睛坏掉了。"

"别吵了，伙计们，别吵，"博士劝了劝他们，"你们看到的是不同的仪表。你们想知道哪种速度？"

"我想知道我们行进的速度。"阿特很坚持。

"啊，阿特，你真让我吃惊。这些仪器可都是你拆分的，想想你在说什么。"

阿特又盯着仪表板看了一会儿，然后一脸难为情。"确实，我都忘了。我们来看看吧。读数是每小时22000多千米，现在接近25000了，是自由落体速度，但我们并没有下坠。"

"我们一直在下坠，"莫里插话说，为自己此刻的飞行员身份得意扬扬，"从起飞的那刻起，你就一直在下坠了，但你会加速让自己不往下掉。"

"是的，是的，我知道，"阿特打断了他的话，"我只是有那么一会儿糊涂了。我设想的时速是5300千米，现在是5310千米了。"

在太空中，"速度"是一个特别难以把握的术语，因为它取决于你选择哪个点作为"固定点"，但空间中的点从来都不是固定的。

阿特所确定的速度是"伽利略号"沿着一条航线从地球飞往他们与月球相遇点的速度。这个速度是机器人乔内部深处的计算机通过自动矢量加法结合三个非常复杂的数字运算得出的。第一个是飞船的喷气动力施加在飞船上的累积加速度。第二个是飞船靠近地球时飞船自身的运动速度，就是阿特所说的"自由落体速度"。最后是地球本身的自转速度，这要综合考虑起飞当天的时间和新墨西哥州营地的纬度，以及地球自转的时间和方向。第三个运算是减法，而不是加法，这种计算只需要用到普通算术。

这个问题可能会变得复杂得多。"伽利略号"与地球、月球一起沿着后两者每年环绕太阳运转的路线行进，从外太空看，速度大约是30千米每秒，或者大约112000千米每小时。此外，地月连线每个月都会随着月球绕地球一周，但机器人乔将飞船的飞行轨道设置在月球将在的位置上，而不是月球现在的位置，从而弥补了当中的距离差。

还有太阳及其行星相对于"固定点"——急速旋转的恒星的复杂运动，任何你想要的速度几乎都可以得到，这取决于你选择哪种类型的恒星作为参照点，但每一种速度都是以多少千米每秒来测算的。

但乔对这些事毫不关心。它的摄像头和许多电路告诉它如何把他们四个从地球送到月球。它知道如何做到这一点，即使是爱因斯坦博士的相对论也丝毫不会让它发愁，用来构建它的机械和线路并没有"担忧"这种设置。然而，它能够将收到的数据结合起来，表明"伽利略号"正沿着一条看不见的轨道以5300千米每小时的速度移动，这条轨道就是地球与他们到达月球时所在位置的连线。

莫里可以通过雷达观测到的距离，再进行一点运算来推算飞船的速度。如果观察到的位置与乔计算的不匹配，莫里可以对乔做修正，乔会接受这些修正，并将其融进接下来的运算中，就像一个功能良好的胃将淀粉变为糖一样平静又自觉。

"5300千米每小时，"阿特说，"还不算快。战争中的V-2火箭的速度比这还快。我们加大马力，看看它能飞多快。您觉得怎么样，博士？"

"可以，"罗斯表示同意，"我们有一条坦途和充足的空间。我们来加速吧。"

博士叹了口气。"听着，"他回答道，"之前你们冒着断脖子的危险，疯狂地开着那辆由一堆破铜烂铁组成的汽车，我都没有试图阻止你们，即使保持沉默也有可能让我送命。但这次我会按自己的方式驾驶飞船。我不急。"

"好吧，好吧，只是一个建议而已。"罗斯向他保证。他沉默了一会儿，然后补充道，"但有一件事困扰着我……"

"什么？"

"是这样的，要离开地球，速度必须达到11千米每秒，我在书里看过很多次了。然而，我们现在的速度只有5300千米每小时。"

"我们是在前进呀，不是吗？"

"是的，但……"

"事实上，在飞船开始滑行之前，我们将大幅提速，旅程第一段的时速会比最后一段的快得多。但假设我们只是保持目前的速度，到达月球需要多长时间？"

罗斯对月球与地球的距离做了快速心算，将数字四舍五入到384000千米。"大约3天。"

"有什么问题吗？没关系，"卡尔格雷福斯博士继续说道，"我并不想自作聪明。这种误解在书中存在很久了。每当某个非技术人员决定做一个关于未来太空旅行的专题报道时，这种误解就会再次出现。因为人们混淆了发射技术与火箭飞行技术的概念。如果你想象儒勒·凡尔纳的提议，向月球发射"炮弹车厢"[①]，它离开地球时就必须以11千米每秒的速度飞行，否则就会掉下来。但有了火箭，只要你有足够的动力和足够的燃料来维持飞行，你就可以慢慢地前进，而不至于掉下来。当然，就你目前的质量比[②]，一切都会乱套的。但我们现在正在做类似的事情。我们有多余的动力，我不明白为什么我们要冒着生命危险，无谓地提高加速度，只是为了稍微提前到达那里。月亮会等着我们的，反正它也等了很久了。

"无论如何，"他补充道，"无论你说什么，无论写过或者看过多少本物理课本，人们仍然把发射技术和火箭飞行技术混为一谈。这让我想起了另一个老掉牙的笑话，说火箭无法在空无一物的空间里飞行，因为它没有任何东西可以用来推进。"

"尽管笑！"博士看到他们的表情后继续说道，"你们可能觉得这话跟'地平说'[③]一样滑稽。但我早在1943年就听一

---

①指儒勒·凡尔纳的小说《环绕月球》中的情节。

②即飞船总质量与飞船空重的比。

③地平说：在公元前6世纪古希腊数学家毕达哥拉斯第一次提出"大地是球体"之前，人们一直认为地球是平的，像一个盘子或一张饼一样。

位航空工程师这么说过。"

"不！不是真的！"

"千真万确！他有25年的专业经验，据他说，这是不可能的！"

罗斯评论道："我想任何一个曾经感受过猎枪后坐力的人都会理解火箭是如何工作的。"

"但事实并非如此。后坐力通常对他的脑细胞没有影响，只会让他肩膀酸痛。"他开始从半倾斜的飞行员座椅中爬起来，"来吧，我们吃饭吧。啊！我的脚都麻了。我想活动活动，然后睡一觉。早餐我吃得可不太好——太多人盯着我们看了。"

"睡觉？"阿特问，"您说'睡觉'吗？我可睡不着，太兴奋了。我想我整个行程都不会睡着的。"

"随便你吧。我反正是要睡的，我们一吃完饭，我就闭上眼睛。现在外面没什么好看的，要等我们进入自由落体状态后才有东西可看，那时你可以用望远镜把月球看得更清清楚楚。"

"这不是一回事。"阿特指出。

"确实不是，"博士承认，"不过都一样，在达到月球前，我打算充分休息好，而不是搞得自己筋疲力尽。莫里，你把开罐器放在哪里了？"

"我……"莫里停顿了一下，脸上露出极度惊愕的表情。"我想我忘带了，我把它们放在水槽架子上，然后有个女记者开始问我一些愚蠢的问题，于是……"

"是的，我看到了，"罗斯打断了他的话，"你面对她的样子简直就像装死，太可爱了。"

博士不着调地吹着口哨。"希望我们最终会发现，我们并没有把任何真正不可或缺的东西落在营地里。莫里，别管开罐器了，我觉得光凭我的牙就能开罐。"

"哦，您大可不必，博士，"莫里急切地说，"我有一把带小工具的刀……"他边说边摸了摸口袋。他的表情突然变了，收回了手。"开罐器在这儿，博士。"

罗斯一脸无辜地看着他，问道："你要到她的地址了吗，莫里？"

他们的晚餐，确切地说是迟到的早餐，是一顿简餐——定量配给的罐头。之后博士拿出他的被褥，把它铺在飞船隔板上，隔板现在算是甲板，从驾驶舱延伸到货舱。莫里决定睡在副驾驶座上，上面有扶手、头枕和脚凳，就像一把铺着舒适坐垫的理发椅。座椅现在是打开的，处于半倾斜状态，博士让他试试，提醒他在睡觉前要锁好控制装置。

大约1小时后，莫里爬了下来，把他的被子摊在博士身旁。阿特和罗斯睡在他们的加速吊床上，只要不系安全带，吊床就很适合用来睡觉。

尽管喷气发动机发着微弱的轰鸣声，尽管因身处太空而兴奋不已，但他们几分钟后都睡着了。他们非常疲惫，需要睡眠。

在"夜晚"，随着地球引力越来越小，机器人乔慢慢降低了喷气发动机的驱动力。

阿特最先醒过来。有一两分钟，他完全不知自己身在何处，还差点从吊床上摔到下面两个人身上，然后他才回过神来。这个时候，他吓了一跳，完全清醒了。太空！他在太空中！正飞向月球！

他轻轻地起了床，又蹑手蹑脚地走到飞行员座椅边。其实他这么做毫无必要，因为在喷气发动机的噪声，以及罗斯与博士如同发动机轰鸣般的鼾声中，他发出的声音几乎被淹没了。阿特重重地坐到莫里的椅子上，在已经大大降低的加速度下，他感觉自己很轻盈，这种感觉怪异又愉快。

月亮现在明显变大了，奇美无比，挂在天空中的同一个位置，以至于他躺在椅子上不得不降低视线，才能凝视到它。有一会儿，有个问题让他觉得心烦——如果月亮没有朝着他们的目标位置移动，他们怎么能够到达月球？

这个问题不会困扰莫里，因为他训练有素，具备碰撞方位、轨道拦截等方面的飞行知识。但是，由于它的移动似乎违背了常识，阿特对此感到担忧，直到他设法将情况想象成这样：如果一辆汽车正朝着铁路道口超速行驶，而一列火车正从左侧驶来，两者这样的速度将导致事故，但直到碰撞发生的那一刻，两者车头的位置都不会改变。

这是一个类似三角形的简单问题，用图表很容易弄懂，但只凭头脑思考却比较难明白。月亮以3200千米每小时的速度奔向与他们会面的地点，但它永远不会改变方向，只是不断地变大再变大，直到填满整个天空。

阿特仔细打量了一番月球表面，在脑海中把那些可爱的名字过了一遍：静海①、风暴洋②、月球亚平宁山脉、拉格朗日环形山③、托勒密环形山④、雨海⑤、凯瑟琳环形山⑥。他几乎要脱口说出这些美丽的词语。月球上的地理——或者称为"月理"——对他来说就像家乡的街道一样熟悉。

月亮的这一面，算了，他想知道另一面是什么样子的，在地球上从未见过的那一面。

月亮的光芒开始刺痛他的眼睛。他抬起头来，让视线落在深黑色天鹅绒般的太空中，在上面撒满的星星的映衬下，太空显得更黑了。

在"伽利略号"行进的区域内，几乎没有真正明亮的恒星。毕宿五⑦闪耀着光芒，高悬在船尾，隔着驾驶舱与月球遥相对应。驾驶舱的右侧是银河，因此他可以看到这条不可思议

---

①静海：一座坐落在月球静海撞击盆地内的月海。面积约为42万平方千米，低于月球表面1700米。

②风暴洋：月球最大的月海，南北径约2500千米，面积约400万平方千米，位于月球西半球。

③拉格朗日环形山：月球正面南部高地上一座古老的大陨坑残迹，靠近月球西南边沿，形成于45亿~39.2亿年前的前酒海纪，其名称取自18世纪法国数学家、天文学家约瑟夫·路易斯·拉格朗日（1746—1826）。

④托勒密环形山：位于月球南部高地上，直径约150千米，环壁高2400米。

⑤雨海：月球上布满整个雨海撞击盆地的辽阔月海，也是太阳系中最大的撞击坑之一。

⑥凯瑟琳环形山：月球正面东南陆地地区的一座古老大陨坑，约形成于酒海纪，其名称取自希腊神学家及哲学家亚历山大的圣凯瑟琳（公元前305—公元前287）。

⑦毕宿五：即金牛座α，是全天第14亮星，呈橙色，距离地球65光年。

的恒星之河的一小部分。他认出了白羊座，正发出暗淡的星光，在耀眼的毕宿五附近悬挂着幽灵般美丽的昴宿星团，但他的正前方就只有光芒微弱的星星和一片孤独的黑暗。

阿特往后一靠，躺在椅子上，凝视着这遥远又孤独的太空深处，这是人类无法理解的辽阔与遥远，渐渐地，他被它迷住，被它吸引。他似乎已经离开了飞船温暖安全的环境，深陷在前方静谧的黑暗之中。

他眨了眨眼睛，颤抖着，第一次希望自己从未离开过习以为常的、安全又温馨的家庭生活。他想要回到他的地下室中的实验室和他母亲的小商店，想要听听待在家里的普通人的闲谈。

尽管如此，那黑色的深处还是让他着迷。他右手拨动着驾驶杆，只需要解锁它，把它一直扭向右方，他们的飞船就会向前猛冲，以他们难以想象的固定的加速度飞行，然后他们会快速越过月球，错过与它的太空约会。他们会经过月亮，远离太阳，将地球抛在身后，然后一直行进，越飞越远，直到钍燃烧殆尽，冷却下来，或者直到锌全部蒸发。但即使到那时，飞船也不会停下，而是会永远继续行进，驶入疲惫的岁月和无底的深渊。

他又眨了眨眼睛，然后紧闭双眼，猛然抓住了座椅两边的扶手。

第十章

科学的方法

"你睡着了吗？"耳朵里传来的声音让阿特跳了起来，他的眼睛还闭着，所以这声音吓着他了。原来是博士一个人爬到了他身后。

"哦！早上好，博士。天哪，真高兴看到您。这地方开始让我毛骨悚然了。"

"早上好啊，如果这会儿算是早上。我想现在是某个地方的早上吧。"他瞥了一眼手表，"你一个人在这里会觉得心里发毛，我一点都不奇怪。你想独自进行这趟旅行吗？"

"我不要一个人。"

"我也不想。月亮看上去同样孤独，但踏上它坚实的地面会让人感觉好些。但我想，要等到月球上有了一些华丽、喧闹的夜总会和一两家保龄球馆，这种旅行才会真的受欢迎。"他说着，坐到了座椅上。

"那不太可能，对吧？"

"为何不可能？总有一天，月球一定会成为一个旅游胜地。你有没有注意到，当游客来到新的地方，他们所做的第一件事就是寻找他们在老家随时可以享受到的娱乐项目？"

阿特若有所悟地点了点头，把这个观点记在了心里。其实迄今为止，他跟游客的接触和旅行体验都还很少。"我说，舅舅，您觉得我能从驾驶舱舷窗拍到一张像样的月亮照片吗？"

卡尔格雷福斯博士斜视了一眼驾驶舱舷窗。"可能吧。但为什么要浪费胶卷呢？从地球上能拍到更好的月球照片。等到我们进入自由轨道调转好飞船之后再说吧。那时你可以拍到真正独特的照片——从太空看地球。或者可以等我们绕月飞行时再拍摄。"

"我真正想要的就是那个！去拍月球的背面。"

"我就是这么想的，"博士停顿了一下，然后补充道，"但你怎么知道你能拍到呢？"

"但是……哦，我明白您的意思了。那边会很黑。"

"我其实不是这个意思，虽然这一点也很重要，因为到时候月亮会是'新月'三天后的样子，另一面的'新月'。我们可以设置好回程的时间，好让你拍到想拍的照片。你怎么知道月球一定有'背面'？你可从来都没见过，没有任何人见过。"

"但是……应该是……我的意思是，您可以看到……"

"您刚才是不是说月球没有另一面，博士？"说话的是罗斯，他的脑袋突然出现在博士的旁边。

"早上好，罗斯。不，我不是说月亮没有另一面。我是想让阿特告诉我，是什么让他觉得月球有另一面。"

罗斯莞尔一笑："别让他逗你玩，阿特。他只是想跟你开个玩笑。"

博士狡黠地笑了笑。"好吧，罗斯，这可是你自找的。你来试着向我证明月球有另一面吧。"

"道理是明摆着的啊。"

"什么道理？你去过那里吗？见过吗？"

"没有，但是……"

"你遇到了见过它的人吗？或是读过任何声称见过它的人的描述吗？"

"不，都没有，但我相信肯定是有另一面的。"

"为什么？"

"因为我能看到它的正面。"

"这能证明什么？到目前为止，你的经验难道不都局限于你在地球上所经历的一切吗？就这一点而言，我可以随意说出一样你在地球上见过的没有背面的东西。"

"啊？是什么东西？你们在说什么啊？"这次是莫里，他爬到座椅的另一边。

阿特说："嗨，莫里。想要你的座位吗？"

"不用了，谢谢。我暂时窝在这里就行。"他坐定下来，双脚悬空，"你们在争论什么？"

"是博士，"罗斯回答道，"他正在努力证明月球没有另一面。"

"不不不，"博士急忙否认道，"再说一次，不是的。我只是试着想让你们证明你们认为月球有另一面的推论。我是说，即使在地球上也有些物体没有任何背面，罗斯却依然根据其他事物的经验得出的论点是否正确。他甚至觉得地球上的经验必然适用于月球，可我不这么认为。"

"哎呀！慢点说！先说说最后一个问题。自然法则不是在宇宙中的任何地方都适用吗？"

"纯属假设，未经证明。"

"但天文学家们根据这个假设做预测，预测月食什么的，而且都对了呀。"

"你正好说反了。早在自然规律稳定不变的理论流行之前，中国人就已经成功预测了月食。无论如何，在最好的情况下，我们注意到天空中和地球上的事件之间存在某些有限的相似性。但这与我们从未见过也可能不存在的月球背面的问题无关。"

"但我们见过很多次了。"莫里指出。

"我明白你的意思，"博士表示同意，"在月球的天平动①——它的轨道的偏离和倾斜之间，我们可以时不时地观察它的边缘，那样能看到月球大约60%的表面——如果月球表面是球状的话。但我要强调的是，我们从未见过的那缺失的40%。"

"哦，"罗斯说道，"您是说我们没有见过的一面也许并不完整，就像一个苹果被削掉了一块。好吧，您也许是对的，但我敢跟您打赌，赌6颗麦芽巧克力，这个我们回去的时候再

---

① 在天文学中，天平动现象是从卫星环绕的天体上观察所见到的，真实或视觉上非常缓慢的振荡。

付，我赌您完全错了。"

"不，"博士回答道，"这是一次科学研讨，打赌就不合适了。再说，我也许会输。但我指的不是'苹果缺一块'之类的意思。我说的就是字面意思：根本没有背面。当我们绕着月球转到它的另一面时，我们可能根本找不到任何东西，什么都没有，只有空荡荡的太空——当我们试图从月球背面看月球，在那个位置可能不会看到任何月球。我并没有断言这会是我们的发现，我是要你们来证明我们将会看到东西。"

阿特则疯狂地扫视着月亮，好像是为了确认它还在那里，它确实在！

"等等。"莫里插了一句，"您说地球上能看到那种没有背面的东西。它是什么？您可骗不了我。"

"彩虹。你可以看到它的一面，就是它朝着太阳的一面，而另一面并不存在。"

"但您并没有去到它的背面。"

"那你可以在晴天拿个花洒喷水试试看，然后绕着它走，走到它背面的时候，你会发现并没有彩虹。"

"没错，但是博士，"罗斯表示反对，"您是在吹毛求疵。月亮和彩虹可是不一样的。彩虹只是光，是光波，而月亮是实体的。"

"我就是想让你们证明这一点，你们还没有证明出来。你们怎么知道月亮是实体的？你们看到的其实都只是光波，就跟彩虹一样。"

罗斯思考了一会儿。"好吧，我想我明白您的意思了。但我们确信月球是实体的，人们早在1946年就检测到了从月球反射回来的雷达波[1]。"

"依旧只是光波啊，罗斯。红外线，或超短波无线电，但光谱相同。你再想想。"

"是的，但它们反射回来了。"

"你又在用地球的情况做类比了。我再说一遍，除了通过电磁波了解到的情况，我们对月球一无所知。"

"那潮汐呢？"

"潮汐当然存在。我们见过，双脚浸入过。但那证明不了有关月球的任何事情。有关月球引起潮汐的理论纯粹只是理论。我们就像换内衣一样经常改变理论。到了明年，假设月球的存在是潮汐造成的，也许会更好理解呢。你们有其他想法吗？"

罗斯深吸了一口气，说："您这是想在语言上击垮我。好吧，我是没看到过月球的另一面，也从来没摸过它、咬过它。顺便说一句，您可以坚持月亮是用绿色奶酪制成的理论。"

"这个不算对，"博士说道，"关于这个说法是有一些数据的，不管有没有用。一位天文学家对绿色奶酪做过光谱分析，并将其与月球光谱进行了比较，没有相似之处。"

阿特哈哈大笑道："没有这回事，对吧？"

"事实如此，你可以去查一下。"

---

[1]1946年，美国的工程师向月球发送了一束无线电波，并成功地检测到了它的回波，他们把这项实验称为"戴安娜计划"，这是首次由人类发出的星际信息传递。

罗斯耸了耸肩。"那跟雷达数据还不是一样嘛，"他理所当然地说，"但还可以继续我的证明。假设月球有一个正面，无论性质如何，只要它不是非实体的且能反射雷达电波，那么月球就一定存在某种背面，平的、圆的、方的或崎岖的。这只是一种特定的数学推导问题。"

莫里哼了一声。

博士只露出了一个浅笑。"行了，罗斯。仔细想想。数学运算的内容是什么？"

"数学运算的内容……"他一下子蔫了，"哦……我想我终于明白了。数学运算本身是没有任何内容的。如果我们发现没有其他面，那我们就得想出一种新的运算方法。"

"就是这个意思。事实就是，我们要等到了那里才会知道月球有没有另一面。我只是在努力向你们指出，"他继续说道，"如果仔细思考，当一个作为'常识'的想法用在具体事物上时是多么不靠谱。'常识'和'逻辑'都不能证明任何事情。证据来自实验，或是真实的体验，而不是其他任何东西。这是关于科学方法的简短讲座，你们可以把它当作今天的半小时学习时间的内容。除了我还有人想吃早餐吗？还是说这种低重力的状态让你们有些恶心？"他边说着边爬出自己的座椅。

他们做早餐的时候，罗斯一直若有所思。这是他们用有限的非罐头食品做的正常的一餐。"伽利略号"勉强算是配备了一间厨房，主要设备是一个轻便电炉和一台小冰箱。盘子、刀叉和汤匙可以用空调水槽里积聚的水稍稍清洗一下，然后在电炉上消毒。飞船上配备了一切生活必需品，甚至还有一个狭小但必不可少的盥洗室。但每一件辅助用品，比如盘子，都是由锌制成的——这是为'饥饿'的喷气发动机准备的储备物资。

他们坐着，确切地说是蹲着，吃了一顿由真正的牛奶、麦片、水煮蛋、小圆面包、果酱和咖啡组成的早餐。吃完后，博士心满意足地感叹了一声。"我们不会再吃到这么多东西了，"他边说边往烟斗里塞烟叶，"太空旅行并不像人们断定的那样，至少现在还不是。"

"小心烟斗，船长！"莫里警告说。

博士吃了一惊。"我都忘了。"他不好意思地承认说。他眼巴巴地看着烟斗。"我说，罗斯，"他问道，"你觉得空调可以把烟味迅速清除吗？"

"抽吧。试试就知道了，"罗斯催促着他，"抽一口烟要不了我们的命。不过要我说，博士……"

"怎么？"

"嗯，那个，您真的不相信月球有另一面吗？"

"嗯？还在想啊？我当然相信。"

"可是……"

"那只是我的看法。我之所以相信，是因为我自己的假设、信念、偏见、理论、迷信都使我相信。这是我信奉的理念的一部分，但并不能证明它就是正确的。所以，如果结果是错误的，我希望我有足够的心理准备，不要气愤难耐。"

"这就让我们又回到学习时间了，"他继续说道，"你们已经完成了半小时，这样就还有一个半小时。赶紧学习起来吧。"

阿特目瞪口呆。"我还以为您是开玩笑的呢，舅舅。您不会到月球上还要按这个时间表让我们学习吧？"

"除非情况不允许。就这事而言，现在就是进行知识积累的好时机，正好没什么可看的，也没有活可干。"

阿特还是一脸震惊，随后又露出释然的表情。"恐怕我们没办法做到哟，舅舅。书都打包了，离得太远，我们要着陆之后才拿得到。"

"那又如何？我们不能因此就停止学习。所谓学校，"他陈述道，"无非就是一块原木，一头坐着学生，另一头坐着老师。我们可以举办讲座，也可以做一些测验，从复习小测验开始。集合了，孩子们。"

他们就这么开始了，盘腿围坐在货舱隔板上。博士从他一向鼓鼓的口袋里掏出一支铅笔和一张相当干净的纸。"你先来，阿特。画一个回旋加速器的草图并进行描述。只是基础复习——让我们看看你忘了多少。"

阿特开始痛苦地勾勒回旋加速器的基本零部件。他画了两个中空的、贴在一起的半圆柱体，开口相对。"这些是铜做的，"他说道，"每个都是一个非常高频的高压电源的电极。它实际上是一种短波无线电发射器，我没有把它画在草图中。然后你就有了一个非常强大的电磁体，它的磁场穿过D形盒①之间的空隙，穿过半圆柱体，并垂直于它们。整个东西都在一个

———————————

①D形盒：经典回旋加速器中，用于施加加速电场的核心部件。形状有如扁圆的金属盒沿直径剖开的两半，呈两个镜像字母"D"的形状。虽然现代回旋加速器中的电极形状已不是"D"的形状，但仍沿用此名。

大的真空室内，你可以得到源源不断的离子……"

"什么离子？"

"这个嘛，也许你往真空室注入一点氢气，然后在两个D形盒之间的空隙中用热灯丝使氢气流动起来。然后你就能得到氢原子核——质子。"

"继续说。"

"当然，这些质子都带正电荷。交流电会使质子在两个电极，即D形盒之间来回流动。但因为质子是带电粒子，这个磁场会让它们转圈。在两者之间，质子螺旋转动，每转一圈都会加快速度，直到它们最终风驰电掣地从一个细小的金属窗口飞出真空室。"

"但为何要这么麻烦呢？"

"如果你把高速质子流对准某种材料，比如一块金属，情况就不同了。它可以把电子从原子上分离出来，甚至可以进入原子核内部，搅动原子核，引起质变，或者使目标具有放射性，诸如此类。"

"很不错了。"博士表示赞许，然后又问了他几个细节问题。"就只一件事，"他又说道，"你知道答案，但我们私下说就行。你这个草图画得不怎么样，很潦草。"

"我天生就没什么美术天赋，"阿特辩解道，"相比画图，任何时候我都宁可拍照。"

"也许你就是照片拍得太多了。至于美术天赋，我也没有，但我学习了如何画草图。听着，这话我要对着你们三个说，如果你们画不了草图，你们就等于看不见。如果你们真的看见了自己所看的东西，你们就能记得，就能凭着记忆在纸上把它准确地画下来。"

"但是那些线条就是没法按照我想要的样子画出来。"

"你的手移到哪里，铅笔就会到哪里，它自己并没有生命。答案就是练习，更多的练习，同时还要思考你们所看到的东西。你们几个都想成为科学家，对于一个科学家来说，具备精确画图的能力就像他的计算尺一样必不可少。其实是更加必不可少，因为没有计算尺你还能对付。好了，阿特。你是下一个，罗斯。迅速跟我讲讲锕系放射性元素。"

罗斯深呼了一口气，说："放射性同位素有三个系列：铀系、钍系和锕系。最后一个从同位素U-235开始……"他们继续进行了一个半小时以上，因为博士打算之后让他们尽可能自由活动，同时仍然严格遵守他与罗斯父亲的协议及其精神。

最后，他说道："我想我们最好再吃一顿饭。发动机不久后就会关闭，它一直在减速——你们感觉身体轻多了吗，注意到没有？"

"吃K类口粮如何？"莫里问道，他的第二个身份是伙食管理员。

"不，不要吧，"博士缓慢地回答道，"我想我们这餐饭应该仅吃一些氨基酸和糊糊就好。"他扬起了眉毛。

"嗯，我明白，"莫里表示同意，又看了一眼其他两个人说，"也许您是对的。"莫里和卡尔格雷福斯博士都是飞行员，在飞行学校里体验过自由落体状态。罗斯和阿特的胃却还得经受考验。

"怎么说？"阿特问道。

罗斯看上去有些反感。"哦，他觉得我们会把曲奇饼呕出来。哎呀，我们现在几乎没有任何重量了。博士，您把我们当成什么了？婴儿吗？"

"不是的，"博士说道，"但我还是觉得你们会在飞船下坠时出现眩晕。我想吃预消化食物是个好主意。"

"哦，那可不见得。我的胃坚强得很。我从来都不晕机。"

"晕过船吗？"

"我都没有出过海。"

"好吧，随你的便，"博士对他说，"但有件事我坚决要求——在你的脸上套一个袋子。我可不想你的呕吐物出现在空调机里。"他转身离开，开始为自己准备一些糊状食物，只见他把粉末倒进水里，搅拌后喝掉了。

罗斯做了个鬼脸，但也没有拿出K类口粮，反而是打开了电炉，打算加热牛奶来充当氨基酸浓缩物。

过了一会儿，机器人乔从短暂休眠中醒来，彻底关闭了喷气发动机。

他们并没有撞向天花板。飞船也没有疯狂旋转。漫画中的情节都没有发生在他们身上。随着推力的减弱，他们只是逐渐失重了。他们几乎同样注意到了这突然的寂静。博士之前已经亲自检查过整艘飞船，确保所有东西都系好、夹紧或牢固放好，这样船上就不会有乱七八糟的随意飘浮的小物件。

博士用一只手撑住，从座位上起身，像游泳运动员一样在空中转身，又轻轻地飘下来，更确切地说是横着飘下来——

因为已经不存在"上下"这个概念了——去到罗斯和阿特飘浮的地方。他们俩被带子松散地绑在吊床上，这是一种额外的预防措施。博士用一只手扒拉着，抓住阿特的吊床稳住了自己。

"大家都还好吗？"

"我想还好，"阿特喘大口喘着气回答道，"感觉飞船就像是一部坠落的电梯。"他的脸色有点发青。

"你呢，罗斯？"

"我会挺过去的。"罗斯说。他突然作呕起来，脸色发灰，而不是发青。

"航天综合征"①可不是开玩笑的，每个火箭飞行员都知道。那感觉有点像晕船，就像船在海上剧烈颠簸引发的可怕又剧烈的干呕，但一切从脚下消失的感觉却不会停止！

但是，商业火箭从地球上的一个点飞到另一个点的自由下落时间，最长也只是几分钟，依靠推力或滑翔保持飞行的平衡。而按照博士设定的路线，飞船有好几个小时要处于自由落体状态。他本可以选择在自己能够掌控的情况下，利用喷气发动机完成整个旅程，但那么做将无法像他现在提议的这样掉转飞船。现在，等到时机成熟，他们就可以掉转飞船并驶向月球，停止自由坠落。

只有掉转船头，他们才能从太空中看见地球。趁着他们还没有离地球太过遥远，博士想回看它一眼。

---

①航天综合征：亦称"宇宙病"，指宇航员因受航天器轨道运动刺激所引发的综合征。主要症状有腹部不适、恶心、呕吐、苍白、出汗，还会出现倒置或倾斜等错觉。

"在原地待一会儿，别动，"他对他们发出警告，"我要掉转飞船了。"

　　"我想看看，"罗斯断然说道，"我对此一直很期待。"他解开了自己的安全带，突然又干呕起来。口水四溢滴落的样子很是奇怪，不是顺着下颌流下来的小水滴，而是一颗颗像是不知道流向哪里的大水滴。

　　"用你的手帕擦擦呀，"博士建议说，他自己也感觉不太舒服，"如果你愿意，那就过来吧。"他又转身看向阿特。

　　阿特已经在用手帕擦了。

　　博士转身飘回到飞行员座椅上。他意识到自己对他们的现状无能为力，他的胃里也是一阵阵翻江倒海，他真想用安全带把胃勒紧。回到座位上，他注意到蜷缩的莫里正捂着自己的肚子，但他什么也没说，只是全神贯注地掉转飞船。莫里会没事的。

　　掉转飞船是件很简单的事。飞船的重心在一个小而重的金属舵轮上。他面前的面板上有控制装置，他可以让这个安装在万向接头上的舵轮任意转动，并锁定。一台电动马达使他能够迅速地将舵轮向任何一个方向旋转，然后再将它停下来。

　　这个舵轮本身可以在飞船自由坠落时转动飞船，然后将其固定在新的位置。道理显而易见，这种转弯对"伽利略号"的航向或速度没有任何影响，只是对它的姿态和所面对的方向有影响，就像一个出色的跳水运动员在从高空坠落时可以转弯和扭转而不会干扰自身的下落一样。

　　这个小舵轮能够转动这艘巨大的飞船，其中的物理原理其实非常简单，但在地球上，这种操作并不常见。原理就是动量守恒，小舵轮遵循动量守恒定律进行旋转。滑冰运动员懂得如何应用这个原理，他们那些最漂亮的旋转动作就靠这个原理来实现。

当小舵轮向一个方向快速旋转时，这艘大型飞船则向另一个方向缓慢旋转。舵轮一停，飞船就停了，两者可以做到同步停止。

"戴上护目镜，小伙子们！"当飞船开始掉转方向，星星从驾驶室舷窗前掠过时，博士喊道，他才想起这一点。尽管他们都正在反胃，但还是找到了自己随身携带以备此刻使用的护目镜并戴好。

很快他们就需要用到护目镜了。月球慢慢滑出了视野。太阳和地球进入了他们的视线。地球像一个只有两天的新月，巨大而闪亮。飞船所在的这个位置——奔月的路程刚完成四分之一——从飞船上看到的地球比在地球上所看到的月亮大16倍，也比月球壮丽许多。"新月"的一端是蓝白色的，那是极地的冰盖，往下是绿蓝色的大海、深绿色的森林和沙褐色的田野。一条明暗界线正好穿过亚洲中部，一直延伸到印度洋。他们能够清楚地看到这一点，就像在教室里面对着一个地球仪一般。印度洋的一部分被巨大的云层遮住了，云层之下的人可能正经历着暴风雨，但对于在太空观看的人来说，这块云层就像极地冰川一样白得耀眼。

在"新月"的怀抱中，是地球上处于夜晚的部分，在他们身后那几近满月的光辉的映照下，其轮廓闪耀着微弱而清晰的光。这种"新月抱旧月"①的景象在月球上是见不到的——地球那微微发亮的黯淡的表面，到处都是发光的小宝石，那是地球上的城市，温暖而友好，正在召唤着他们！

赤道与北极中间，有三个明亮的地方，相距不远，那是伦敦、巴黎和柏林。穿过黑暗的大西洋，在圆盘的边缘，有一道特别明亮的玫瑰色光芒，那是百老汇大道和整个大纽约的灯光。

三个男孩都是第一次见到纽约，更不用说世界上的其他大部分地方了！

尽管这是他们的家，尽管他们此刻从一个人类从未有过的极好的视角看到了它，但他们的注意力几乎立刻就从地球上移开了。天空中还有一个更令人叹为观止的物体——太阳。

它可见部分的宽度只有巨大的新月形地球的十六分之一，但它是无可匹敌的。它就悬在地球下方——所谓"下方"是以"伽利略号"为参照物的，而不是真的"上"或"下"的概念——距离大约是地球宽度的4倍。比起在地球上看到的，这个太阳既不大也不小，也不比正午时分在晴朗干燥的沙漠上空看到的太阳明亮多少。但是在没有空气的太空里，它周围的天空都是黑色的。日冕闪耀着，还可以看到日珥。在它的表面还发生着巨大的太阳风暴。

博士警告道："即使偏光片调到极限，也不要太直视它。"

---

①指在弯月牙的怀抱中，整个月面隐约可见。文中此处是指地球白昼那部分的光辉清晰地映照出夜晚那部分的轮廓。

他指的是男孩们戴的双光透镜，下面是偏光镜，外层的镜片可以转动。

"我得拍张照片！"阿特宣布道，转身游走了，暂时忘了自己的"航天综合征"。

不久，他带着他的康泰时相机[①]回来了，忙着把他最长的

———————————

①康泰时相机：德国品牌相机。

镜头安装上去。这台相机很旧，是他母亲从德国带出来的为数不多的东西之一，也是他最引以为傲的财产。镜头就位后，他准备从盒子里取出他的韦斯顿测光表①。博士拦住了他。

"你想烧掉你的测光表吗？！"他提醒道。

阿特突然停了下来。"对哦，应该会烧掉。"他承认道，"但我要怎么才能拍到照片呢？"

"也可能不会。你最好用上你手头最慢速的胶卷、最强的滤镜、最小的光圈，把曝光时间调到最短，然后祈祷一切顺利。"

看到男孩似乎很失望，他继续说道："我不太在乎太阳的照片。等我们开辟道路之后，这件事可以留给跟随我们的天文学家去做。不过你应该能够拍到一张地球的全景照片。先在太阳上浪费一点胶卷，然后我们再试试拍摄地球。我会用手帮你挡住镜头前的阳光。"

阿特照办了，然后准备拍摄地球的照片。"我还是没法测到光的读数，"他抱怨道，"太阳光的干扰太强了。"

"这个嘛，你知道拍摄照片需要多强的光线。为什么不把它假设成沙漠的日照呢，然后按照超过和不超过那个数值各拍几张？"

阿特拍完之后，博士说道："当心晒伤，小伙子们。"他

---

① 韦斯顿测光表：世界上最早（1932年）研制成功的一种光电测光表，由美国著名的韦斯顿公司生产。

摸了摸石英玻璃舷窗的塑料内层。"这个东西按理说可以过滤掉最糟糕的紫外线辐射，但还是得小心。"

"哎呀，我们已经晒黑了。"确实如此，新墨西哥州的阳光已经在他们身上留下了印记。

"我知道，但这是你们见过的最明亮的阳光，所以还是小心为好。"

莫里问道："这种纯粹的东西带来危险的程度有多大呢？我的意思是除了严重晒伤。"

"你们跟我读到的资料是一样的。我们还会接触更多的宇宙辐射。也许它会让我们失去生命，或者让你们的孩子都长出长长的绿色鬈发。这是我们要承担的风险之一。"

"嗯，哥伦布也是承担了风险的。"

"但是看看他的成就！"阿特插了一句。

"是的，他还因自己惹下的麻烦被扔进监狱。"

"不管怎样，"博士说道，"我打算再次掉转飞船，这样太阳才不会直射舷窗。这个地方开始变得太热了。"让"伽利略号"保持温暖没有问题，但是如何散掉多余的热量就是另一回事了。它光滑的侧面将落在飞船身上的大部分热量都反射了回去，但直射在观景舷窗上的阳光，带来了令人非常不舒服的温室效应。通常采取的制冷措施是不可行的，飞船是一个封闭系统，只能通过辐射将热量散发到外太空。此刻，它吸收太阳热辐射热量的速度比它散热的速度要快得多。

"我想再拍几张照片。"阿特抗议道。

"我会让地球一直待在我们的视线之内。"博士答应道，并根据自己的目的设置了舵轮的控制装置。然后，他飘回观景舷窗，加入其他人的行列，他们像鱼缸里的金鱼一样在观景舷窗前畅游着。

罗斯用一个指尖碰了碰透明的幕墙，轻轻地一触就将他推离了舷窗。"博士，如果一颗流星击中了这个舷窗，您觉得会如何？"

"我想都不愿想。但是，我也不会太担心。莱伊已经计算过登月往返旅途中被流星击中的概率，大概是五十万分之一。我想我每次坐进你们几个驾驶的那辆汽车，危险系数都要比这大得多吧。"

"那可是一部好车。"

"我承认它的性能不错。"他转身的动作很像游泳运动员在到达池边时转身的样子，"阿特，当你拍完那地球小精灵的照片后，我有更好的事情要让你做。试着联络一下地球，怎么样？"

"再拍一张……啊？您说什么？"

"把你的无线电装置打开，看看空间里有没有什么信号。"

自飞船起飞后，没有人尝试使用无线电。不仅是因为会受到喷气发动机的严重干扰，还因为在穿过大气层的过程中，天线甚至是尖刺般的天线杆被完全收回了。但现在飞船的动力已经关闭了，似乎有必要尝试通信。

当然，在旅程的初期，地球上的导航雷达通过无线电与他们保持联系，但现在他们已经超出了导航雷达能够覆盖的范围。这种雷达与用来向月球反射信号的巨型雷达几乎没有相似之处。对于将信号从地球发射到月球的大型雷达来说，飞船上的石英玻璃视窗也根本容纳不了。

阿特虽然嘴上说捕捉到信号的概率非常小，但他马上就忙活了起来。"应该是没有什么电波的，就像……就像……反正应该没有。再说他们为什么要往这边发信号呢？"

"当然是给我们啦。"罗斯说道。

"他们找不到我们的。相距这么远，雷达侦测不到像我们的飞船这么小的东西——反射镜横截面太小。"阿特头头是道地说着，"目前的雷达是做不到的，也许有一天可以吧，如果……嘿！"

"你收到什么信号了？"

"安静！"戴着耳机的阿特凝视前方，脸上一副痛苦的表情，目光笃定而专注。他小心地转动旋钮，然后摸索着拿到铅笔和纸。他发现，在无法借助重力来稳住自己的身体和双手的情况下，书写真的非常困难，但他还是潦草地将接收到的信号写了下来。

"听着。"几分钟后他悄声说了一句，然后读了起来：

巴黎电台呼叫"伽利略号"飞船，巴黎电台呼叫"伽利略号"飞船，巴黎电台呼叫"伽利略号"飞船。唐纳德·卡尔格雷福斯博士、阿瑟·米勒、莫里斯·艾布拉姆斯、罗斯·詹金斯，你们好！我们一直在跟进你们的飞行，直到格林尼治时间9月25日1点13分失去联系。我们会继续跟进你们可能行进的轨迹，用这个信号和频率呼叫你们。祝你们好运！巴黎电台呼叫

"然后就这样一直重复。这是一份录音。"他的声音在颤抖。

"天哪！"罗斯就评价了这么一句。

"好吧，小伙子们，看来我们都成名人了。"博士努力想让自己的话听起来很漫不经心。然后他就发现自己两只手各拿着一截烟斗，原来他在不经意中把烟斗掰成了两截。他耸了耸肩，松手让折断的烟斗飘走。

"但他们是怎么找到我们的？"阿特还是很纠结。

"录音有说，"莫里指出，"看到那时间了吗？那是我们进入自由落体状态的时间。他们追踪到了飞船。"

"怎么做到的？用望远镜吗？"

"更有可能的是，"博士插话道，"用反火箭辐射追踪。"

"啊？只有联合国部队才有那样的装备吧。"

博士咧嘴一笑。"联合国为什么会对我们感兴趣呢？听着，孩子，你能给他们发回点什么信息吗？"

"我肯定得试试呀！"

第十一章

精彩的降落

阿特忙活着他的任务，但没有收到任何回复，所以无从知道他的努力是否成功。接下来的三个半小时里，只要他在发报的间隙停下来倾听，就总会听到那段录音。然后信号消失了，他们关闭了通信设备。

然而，这是人类历史上距离最长的直接交流记录。

"伽利略号"继续远离地球，向上攀升，朝着看不见的边界飞去。越过那里，则不再是地球的"势力范围"，而是进入了更娇小的月球的地界。向上，再向上，向外，向着更遥远的地方自由飞行。尽管"伽利略号"依旧受到地球引力的影响，但它仍然以喷气发动机能够驱动的最快速度前进，直到它终于安静地越过边界，进入月球的"后院"。从那里开始，它慢慢加速，朝着那颗银色的卫星落去。

他们吃了睡，睡醒又吃，然后凝望远去的地球，之后再次陷入睡眠。他们睡着的时候，机器人乔动了起来，查看了它的摄像头，认为自己已经受够了失重状态，于是启动了喷气发动机，终止了他们的坠落状态。但首先，它将飞船调直，让喷气发动机面朝月球，这样驾驶舱窗则成了"船尾"，凝望着地球。

喷气发动机的噪声吵醒了他们。博士之前让他们用安全带绑住身体，以防又飘起来。他们解开了安全带，爬到了控制舱。"月球呢？"阿特问道。

"自然是在我们下方了。"莫里告诉他。

"最好用雷达看看它，莫里。"博士指示道。

"收到！"莫里打开电源，等着它预热，然后又调整了一下。月球在观测镜的那头显示为一个模糊的大物体。"距离大约24000千米，"他宣称，"我们最好做些检查，船长。"

他们忙碌了一个多小时，观测，读数，计算。通过雷达可以获得月球相对于飞船的方位和两者的距离。舱窗外直接就能看到的星星确定了飞船的行进方向。连续的雷达读数则确定了飞船的轨道和速度，以便与飞船上的自动仪器给出的轨道和速度进行比较。在对机器人乔的管理进行督查时，他们必须考虑所有这些因素。

他们发现了一些小错误，并将校正结果反馈给了自动驾驶仪。乔毫无意见地接受了修改指令。

莫里和博士做这些事的时候，阿特和罗斯正做着他们一起能够做出的最好的一顿饭菜。又有了重力，他们深感宽慰，他们的胃也肯定得到了解脱。这些器官虽然已经适应了自由落体状态，但却很难协调一致。站稳了脚跟，他们就渴望吃到固体食物。

吃完了饭，博士伤心地想念起他那根折断的烟斗，这时控制警报突然响了起来。机器人乔执行完了下达给它的指令，然后它的摄影机不太好使了，它请求更换。

他们都爬到了控制室。月亮硕大无比，它白得耀眼的光照进了舷窗的一侧。他们现在离它实在太近了，如果盯着舷窗外的某个固定的物体仔细观察，比如一个陨石坑或一座山脉，就能发现自己的飞船正在行进。

"哇！"阿特喊道。

"有点让人着迷，对吧？"罗斯凝视着，毫不掩饰自己的惊叹。

"确实如此，"博士表示同意，"但我们还有工作要做。回去，系好安全带，准备行动。"

大家都依令行事，他则把自己绑在座椅上，然后按下开关让乔进入休眠状态，他直接手动控制飞船。在莫里的仪器的指导下，他对飞船进行了一系列的轻微幅度的飞行调整，每一次调整，航向都会发生微小的变化，但所有操作都是为了让飞船从一直遵循的扁平圆锥形轨道进入环绕月球的圆形轨道。

"我干得怎么样？"过了一段时间，他问道。

"非常好，飞船处于最佳状态。"过了一会儿，莫里向他保证说。

"真的吗？那我可以让它自动驾驶并转动吗？"

"让我再跟进几分钟。"不一会儿，莫里按要求回复道。就在博士要求确认之前，他们已经进入了无控制飞行模式。他接着喊话阿特和罗斯，告诉他们可以解开安全带了。然后，他让飞船开始转动，使舷窗朝向月球，并输入了一串数码组合，命令乔恢复工作状态。现在乔的职责是用雷达观察高度，并确保飞行高度和速度保持稳定。

当他和莫里解开安全带时，阿特已经带着相机站在舷窗前了。

"天哪，"阿特喊道，"这个可真够壮观的！"他打开设备，开始疯狂地拍摄，直到罗斯向他指出镜头盖还没拿下来，他才终于平静。

罗斯脸朝下飘着，凝视着外面满目的荒芜。他们在离月球表面只有300多千米的空中无声地飞驰着，渐渐接近日出时的明暗交界线。飞船下方贫瘠的荒地被长长的阴影笼罩，一座座山峰和一个个巨大的陨石坑因此显得更加骇人。"太可怕了，"罗斯断言，"我不确定我是否喜欢它。"

"想在下一个拐角下飞船吗？"博士问道。

"不是，但我还不确定自己是否很高兴能来到这里。"

莫里抓住他的一只胳膊，显然是为了稳住自己，但同样也是为了得到实实在在的人类伙伴的陪伴。"你知道我在想什么吗，罗斯？"他凝视着绵延数千米的陨石坑，"我想我知道它是怎么变成这样的。这些不是火山口，这是肯定的——也不是流星撞击造成的。这都是他们自己干的！"

"啊？谁？"

"月球人。这是他们做的。他们自我毁灭了。他们发动太多核战争了。"

"啊？这究竟是……"罗斯瞪大了眼睛，然后回头看了看月球表面，好像想弄清那里藏着的可怕秘密。阿特停止了拍照。

"您觉得呢，博士？"

博士皱了皱眉头。"有可能，"他承认道，"由于这样或那样的原因，其他认为它们是自然形成的理论都站不住脚。这倒是可以解释我们称之为'海洋'的相对平滑的那些部分。它们以前确实是海洋，所以它们没有遭受重创。"

"这也能解释为什么它们不再是大海了，"莫里继续说道，"他们炸毁了自己的大气层，海水沸腾后蒸发光了。看看第谷环形山，他们就是在那里引爆了这个星球上最大的弹药库。它摧毁了整个星球。我敢打赌，月球人研制出了一种威力极强的反制武器。它一次性引爆了月球上的每一颗原子弹，然后让他们全都送了命！我确信。"

"好吧，"博士说，"我不确定，但我承认这个说法很有吸引力。也许等着陆了我们就会弄明白。那种一次引爆所有炸弹的想法，理论上是根本行不通的，没人知道怎么做。"

"几年前还没人知道如何制造原子弹呢。"莫里指出。

"没错。"博士想改变话题，"罗斯，现在你对月球的另一面有什么感觉？"

"我们很快就会知道了，"罗斯笑着说，"假设，这就是另一面！"

事实的确如此。他们已经进入水平飞行状态，他们所在的圆形轨道接近从地球上看到的月球的左侧，正在其神秘的另一面的上方滑翔。罗斯仔细地看了看说："看起来差不多。"

"你期待会有什么不同吗？"

"不，我想没有。但我确实曾怀有期待。"他说话之时，他们越过了日出线，下方的月面黑漆漆的，完全看不见，因为照耀这一面的仍然是微弱的星光，只有星光，而地球的反射光到达不了。阳光罩顶的山峰迅速远去。以他们现在近6500千米每小时的速度飞行是很有必要的，这样他们保持在离月面较近的圆形轨道上绕月球飞行一圈，将只需要一个半小时多一点。

"没法再拍更多照片了，我想。"阿特悲伤地说，"真希望此刻是一个月当中的其他时间。"

"是的，"罗斯表示同意，眼睛仍望向外面，"这么近却什么也看不到，真是太可惜了。"

"别急，"博士告诉他，"八九天后我们回程时会再次调转飞船，然后你就又可以盯着它看，拍照拍到你变成斗鸡眼为止。"

"为什么只有八九天？我们的食物还可以维持更长时间。"

"有两个原因。第一个原因是，如果我们在新月那天起飞，我们就不必在回程的路上盯着太阳看了。第二个原因是，我想家了，我们甚至还没有着陆我就开始想家了。"他咧嘴笑着说。其实，他觉得逗留太久并不明智，这会耗尽他们的运气。

飞越月球明亮又熟悉的一面令人感到十分愉快，但时间太短，给人的感觉就像坐在一辆疾驰的车里看着外面一闪而过的商店橱窗，只是过了过眼瘾。那些陨石坑和"海洋"都是熟悉的老朋友了，但是却让人觉得陌生又新鲜。这让他们有了一种奇怪的不真实感，好比遇到一位私下出行的著名电视明星。

阿特转而用上了他之前用于拍摄"追星号"系列火箭发射的摄影机，正好拍到了从丰富海①到开普勒陨石坑②的一段完整录像，之后博士就断然命令他停止拍摄，并系上安全带。

他们进入了着陆轨道。博士和莫里已经选择了风暴洋以外的一个平坦的无名区域作为着陆点，因为这个地点正好处于朝向地球的一面和未知一面的交界处，适合用来完成他们的两个计划：一是这里有直接的视距③，这是他们可以尝试用无线电与地球取得联系的必要条件；二是这样一来，他们至少可以探索到未知一面的部分区域。

机器人乔又被唤醒了，并被告知要查看藏在它黑暗的"内脏"里的第二个摄像头，这个摄像头用于必要的制动驱动，以及对喷气发动机和雷达进行让人感到棘手的最终操作。当莫里示意他们已经到达了预先计算好的着陆所需的准确距离时，博士将飞船调至乔转入自动驾驶模式所需要的确切高度和速度，仔细地做好了设置。

---

①丰富海：月球上一座直径909千米的月海，位于月球的东南部。
②开普勒陨石坑：位于月球南部，是一个非常引人注目的环形山。它最著名的是覆盖周围的射线系统，射线延伸超过300千米，与其他陨石坑的射线重叠。
③视距：指发射天线和接收天线能互相"看见"对方，视距无线传输是指发射天线和接收天线在"能互相看见对方"的距离之间传输信号。

乔接手了。它用喷气动力引擎将飞船掉转过来，然后开始倒退着着陆。它用尾部喷气管减缓了飞船依然迅猛的速度。月亮现在就在他们下方，博士能看见的，除了星星还是星星，以及新月状的地球。地球远在38万千米之外，他现在完全指望不上。

　　他不知道自己是否还能再次踏足地球。

　　莫里正在雷达显示器上研究着陆的路线。"精确到9个0，船长，"他以相当夸张的语气骄傲地宣布，"十拿九稳。"

　　显示器里的月面迅速上升。当他们离得很近，暂时不再下坠时，乔切断了主发动机，又把他们翻了过来。

　　从剧烈的旋转翻腾中恢复过来时，博士看到飞船头部的喷气发动机伸了出去，在他们面前火花飞溅，他意识到腹部发动机也在工作，因为激增的推力把座椅往他的身上推。他觉得自己似乎可以亲自将飞船降落下去，因为这种感觉与他在新墨西哥州沙漠里第一次让飞船着陆的感觉非常相似。

　　然后就在手忙脚乱的一瞬间，他看到喷溅的头部发动机的喷气管前的月面被一幅荒凉的画面代替，上面是裸露着岩石的山脊、尖狭的裂缝、松散而危险的太空碎石……这样一片土地，哪怕他们降落的时候没有坠毁，也根本无法从那里起飞。

　　阳光欺骗了他们。太阳在他们身后，但是他们在这片荒地上并没有看到任何物体的阴影，平原似乎一直延伸到前面的山峦。这些不是山，但足以摧毁"伽利略号"。

　　他在片刻之间对形势进行了评估，然后就采取了疯狂的行动。他用一只手切断了自动驾驶仪，另一只手猛扭着尾部喷气发动机的控制旋钮。他将腹部喷气发动机开到最大。

飞船的船头抬升了起来。

它悬在空中，随时可能坠落，只凭借陀螺仪保持着稳定，喷气管朝下。然后慢慢地，慢慢地，强大的尾部气流喷了出来。速度是如此缓慢，以至于那一刻他才知道原子反应堆迟钝的反应无法让他实现下一步动作——通过自己的操作让飞船着陆。

"伽利略号"又从月球的表面向上升了些。

"很接近了。"莫里轻声说道。

博士擦去眼皮上的汗水，身子颤抖起来。

作为飞行员的他完全知道现在需要做什么。他知道他应该让飞船远离月球，朝着地球的大致方向前进，并找到一条返回的路径，一条通往有大气层的行星的路径，以便他能够降落破损严重的飞船。他其实早就知道自己不是当英雄的料，他知道自己老了，他知道这一点。

但他不愿把这话说给莫里听。

"要手动降落吗？"男孩询问道。

"啊？"

"这是我们让它降落在一片陌生场地上的唯一方法。我现在也明白了，您必须在最后的半分钟里看到自己的位置——只用头部喷气发动机，而且不用雷达。"

"我做不到，莫里。"

男孩一言不发，只是坐了下去，毫无表情地盯着前方。

"我打算掉头回地球去，莫里。"

男孩似乎完全没有听到他的话，从他的脸上看不出任何赞同或反对，甚至连一点建议也没有。

博士想起了此前的种种场景：眼睛缠着绷带的罗斯大声让他走开，阿特强忍"航空综合征"带来的不适拍摄照片，还有他和莫里一起参加飞行员资格培训的那些炎热又让人疲惫的日子。

男孩什么话都不说，也没有看他一眼。

这些孩子，这些不听话的孩子！他是怎么飞到这上面来的，手中操控着一艘火箭飞船，还有几个未成年人需要他负责？他是一个实验室中的科学家，不是超人。如果是罗斯，如果罗斯是飞行员——即使现在身处太空，一想起罗斯那让人毛骨悚然的驾驶技术，他就瑟瑟发抖。阿特的技术也一样糟糕，而莫里的更糟。

他知道自己永远不会成为一名明星飞行员——20年后也不会。这些看似漫不经心的孩子，以及他们改装过的高速汽车，说明了这次旅行就是为他们准备的，驾驶是他们的职责。他们年轻，不循规蹈矩，所以不会太在意，他们的本能反应不会受各种杂念的阻碍。他想起了自己与罗斯的对话："哪怕是走路，我们也要（到月球）去！"

"你来着陆吧，莫里。"

"好的，好的，长官！"

男孩一直没看他一眼。他将飞船头部向上抬升起来，然后让尾部喷气管释放气流，让飞船慢慢降落。纯粹凭借直觉，或是根据某种心算——因为博士透过舷窗除了星星什么也看不见，男孩肯定也是——他又把飞船掉转了过来，同时让尾部喷气发动机熄了火。

月面离他们很近，而且迅速上升。

他通过几个腹部发动机将飞船抬升了一下，让他们处于一片平坦土地的上方。然后他开始利用头部喷气管的快速气流将飞船降下去，同时在喷射间隙查看了一眼。

当他让飞船非常接近月面的时候，博士确定他是打算让飞船头部着陆，若是驾驶舱的舷窗撞上地面，大家都会送命。这时莫里又让飞船猛地抬升了一下，放平了它，使它的腹部朝下落地。飞船与月面几乎平行，而且如此接近，博士都可以看到舷窗前方的月面了。

莫里不假思索地往驾驶舱舷窗外看了一眼，又让腹部发动机最后喷射了一下，然后就让飞船落地了。发动机发出一声沉重的轰鸣，随即熄了火。"伽利略号"降落在月球表面上。

"已降落，长官。时间是8点34分。"

博士深吸了一口气，说："这是一次非常非常精彩的降落，莫里。"

"谢谢，船长。"

第十二章

踏上月球

　　卡尔格雷福斯博士颤颤巍巍地从自己的座椅上爬下来，差一点摔倒，而此时罗斯和阿特已经解开了各自的安全带，大声谈论着要把宇航服拿出来。这种仅有地球常规重力六分之一的低重力状态欺骗了他。他现在已经习惯了失重状态，也习惯了很高的加速度产生的让人胸闷的压力。貌似对他来说，正常的1g重力并没有什么问题，而且在系着安全带的情况下操纵飞船也并不比在飞机上做特技动作更糟糕。

　　他断定这次情况是不同的，需要一点时间来适应。这让他想起了踩在橡胶上行走，或是脱下雪地鞋或厚靴之后那种步履轻盈的奇怪感觉。

　　莫里在岗位上多待了一会儿，完成日志并在上面签名。他在飞行日志上写着"位置"的地方犹豫了一下。学校教的是在这里要输入到达机场的经纬度——但这个地方的经纬度是多少？

　　月球跟地球一样，有着明确的北极和南极，地球上任何一个点都有一个明确的纬度，而且一旦确定了零度子午线，经度自然也就确定了。这一点倒也已经做到了,第谷环形山将成为月球上的格林尼治。

但他的导航仪是地球上用的导航仪。

他知道这个问题是可以解决的。按照球面三角学,所有导航所基于的天文三角形[①]的解可以转换到月球的特殊条件上,但它需要烦琐的计算,而且完全不像飞机和火箭时代所有飞行员使用的捷径——预先计算好坐标。在费力地将每一条数据从地球参数转换为月球参数后,他将不得不用到已经过时了20年的截距法[②]。

好吧,他决定稍后再进行运算,并让博士来帮他验算。此刻,月面在呼唤着他。

他加入了挤在舷窗周围的几个人中。展现在他们面前的是一片昏暗且了无生气的月面,一直延伸到远处几千米外绵延起伏的山丘。在太阳斜射过来的光线下,月球既耀眼又非常炎热,而且一切都处于全然的静谧中。他们看不见地球,在突然着陆的最后一刻,他们掉落在界线边缘以外那未知的一侧。

在这样一片荒凉炎热的地方,人们可能以为会看到黄得耀眼的天空,而不是漆黑的、缀满星星的苍穹。莫里的思绪又回到了他的导航问题上,他心想:"至少这里不容易迷路,一个

[①] 天文三角形:天球上以天顶、天极和天体为顶点构成的球面三角形,又称定位三角形。根据应用球面三角公式,可以根据天文三角形的任意3个元素求出另外3个元素。天文三角形在天体测量学中有着广泛的用途。
[②] 截距法:又称"高度差方法",1875年由法国海军军官、航海家圣·希勒尔提出,用于在海上通过对天体高度的观测,求出准确的经度和纬度。

人可以毫不费力地通过星星来设定路线。"

"我们什么时候出去？"阿特问道。

"别急。"罗斯告诉他，然后转向博士，"我说，博士，着陆确实很顺畅。告诉我——第一次尝试着陆时，您只是想手动操控看看情况，还是在自动驾驶仪上也设定好了着陆程序？"

"其实都不是。"他犹豫了一下说道。从他们的第一句话就可以明显看出，罗斯和阿特都没有意识到危险，也不知道他之前犹豫不决的痛苦状态。现在有必要让他们担心吗？他知道，如果他不说，莫里就永远不会提起这件事。

这个想法让他下定了决心。这个男人——他现在明白，应该是"男人"，而不是"男孩"——有资格得到大家的赞扬。"着陆是莫里完成的，"他告诉他们，"当时我们不得不关掉机器人，然后莫里把飞船降落了下来。"

罗斯吹了个口哨。

阿特说："啊？您说什么？您可别告诉我雷达坏了——我可是用6种方法检验过的。"

"你的装备都好好的，"博士向他保证说，"但有些事情只能依靠人去做，装备做不了。降落就是其中之一。"他向大家描述了所发生的一切。

罗斯一直上下打量着莫里，看得莫里脸都红了。"艺高人胆大啊，真是个技高胆大的飞行员，"罗斯对他说，"但我很高兴我之前对整个过程一无所知。"他吹起口哨走向飞船尾部，口哨再次跑调了，然后开始摆弄起他的宇航服。

"我们什么时候出去？"阿特不依不饶地问道。

"我想，马上就能出去了吧。"

"哇！"

"别急。你也许会是抽到短签的那个人，然后不得不留在飞船上。"

"可是……舅舅，为什么得有人留在飞船上呢？没人会偷走它。"

博士欲言又止。出于本能的谨慎和安全考虑，他打算在任何时候都要确保飞船上至少要留一个人。但转念一想，这么做似乎没什么道理。飞船里的人如果不先穿好宇航服再出来，也无法为飞船外的人做任何事。"我们可以折中一下，"他说，"莫里和我……不，你和我，"他意识到不能同时让两个飞行员冒险。"你和我先出去。如果可以的话，其他人可以跟着我们。好吧，士兵们，"他转身说道，"穿上你们的宇航服！"

他们互相帮助，在护目镜以外的皮肤上涂抹了大量的白色防晒霜，这让他们的外表上看上去超凡脱俗。然后，博士让他们检查自己的宇航服，确保其内的压力是正常值的2倍，并亲自检查了他们的氧气瓶背包。

与此同时，他们一直在检查对讲机。只要他们身处飞船中，正常的交谈彼此都可以听到，只是声音微弱。无线电对讲机里的声音听上去则大得多。

"好了，小伙子们，"他最后说道，"我和阿特会一起走进气闸室，然后绕到飞船前面去，在那里你们可以看到我们。我向你们示意的时候，你们就出来。最后再说一次：要待在一起，离我不要超过10米。记住这一点。当你们走出去的时候，每个人都会想看看自己能跳多高，我听你们谈论过这事。这个嘛，如果你们试一试，可能会跳到7米或9米高。但是不要这么做！"

"为什么？"透过无线电，罗斯的声音听起来很奇怪。

"因为如果你头朝下着地，致使头盔裂开，我们会把你埋在你摔倒的地方！来吧，莫里。不，对不起，我想叫的是阿特。"

他们挤进了小小的气闸室，两人的身体几乎填满了这个空间。气闸室换气推进器的驱动马达嗡嗡作响了一小会儿，然后叹息一声，停了下来。换气阀门咔嗒一声归位，博士打开了外门。

他发现自己不是跳到地面上的，而是飘下去的。阿特跟在他后面，手和膝盖先着地，然后又轻轻地弹了起来。

"还好吗，孩子？"

"好极了！"

他们移动到飞船的前方，靴子静静地摩擦着松软的土壤，他看了看，抓起一把，想看看土壤像不像经历过放射性核爆炸的样子。他心里想的是莫里此前的说法。

他们身处一个陨石坑内，这很明显，因为四周环绕着一座座小山。它是一颗原子弹的弹坑吗？

他无法判断。月球土壤确实有原子弹爆炸后那种焦土沸腾过的泡沫状外形，但这也可能是火山活动的结果，甚至可能是巨大流星撞击所产生的高温灼烧造成的。好吧，这个问题

可以回头再说。

阿特突然停下了脚步。"我说，舅舅，我得回去一下。"

"怎么了？"

"我忘了带相机！"

博士笑了。"下次再拍嘛，你的拍摄对象又不会动。"他感到阿特的兴奋劲儿已经达到了新的高度，他闪过一个念头，阿特洗澡的时候可能都带着相机。

"说到洗澡，"博士自言自语道，"我本来还能忍受不能洗澡。但太空旅行确实有它的缺点。"他开始不喜欢自己身上的味道，尤其是这会儿还裹着宇航服。

罗斯和莫里在舷窗边等着他们，有点急不可耐。在此之前，他们在无线电对讲机里的声音因为飞船船舱的阻隔听起来非常模糊，而现在透过石英玻璃清晰地传了出来。"怎么样啊，博士？"罗斯大声喊道，鼻子紧贴着舷窗。

"看起来很好。"他们听到他这样回复。

"那我们来了！"

"再等几分钟。我想再确定一下。"

"好吧，好吧。"罗斯表现出不耐烦，但纪律已经不再是个问题了。阿特向他们做了几个鬼脸，然后试着跳了一小段舞，他紧贴月面，但任由每个舞步把自己带到一两米高的空中——或者更确切地说，是真空中。他缓慢而优雅地飘浮着，就像在跳慢动作的舞蹈，或者水下芭蕾舞。

当他开始升得更高一点，并在空中做着脚跟相碰的动作时，博士示意他停下来。"别激动了，伙计，"他提醒道，

"下来吧，你又不是尼金斯基①。"

"尼金斯基是谁？"

"算了。保持静止。至少一只脚着地。好了，莫里，"他喊道，"你和罗斯出来吧。"

突然间，舷窗前空无一人。

莫里踏上月球，环顾四周，望着那永远平坦的平原和远处破碎的峭壁，这时，一种巨大的悲恸和不祥的预感突然涌上他的心头。"这是白骨啊，"他自言自语似的喃喃道，"一个死寂世界里的森森白骨。"

"啊？"罗斯问道，"你来不，莫里？"

"就在你身后。"

博士和阿特也加入了他们的行列。"去哪儿？"船长走上前时，罗斯问道。

"这个嘛，第一次我不想离飞船太远，"博士大声说道，"在这个地方我们可能会遭遇一些之前没有预料到的意外。你们宇航服内的压力是多少？"

"和飞船里的压力一样。"

"你们可以把它减小到原来的一半左右，这样不至于受到低压力环境带来的麻烦。"

"我们朝那些山峦走去吧。"莫里建议道。他指着船尾，陨石坑边缘离飞船不到800米。那是向阳的一面，阴影从边缘一直延伸到离飞船100米左右的地方。

---

①瓦斯拉夫·弗米契·尼金斯基（1890—1950）：俄国著名芭蕾舞舞蹈家。

"好吧，不管怎样，走到半路吧。到那遮阴处待着可能感觉不错。我都开始出汗了。"

"我想，"莫里说，"如果我没记错，我们应该能够从陨石坑边缘的顶部看到地球。就在我们掉转飞船的时候，我瞄了一眼。我们离月球的背面不远了。"

"我们这是在哪里？"

"我得再看看才能告诉你，"莫里承认道，"风暴洋以西的某个地方，赤道附近。"

"我知道啊。"

"嗯，如果您着急，船长，您最好呼叫'汽车俱乐部'。"

"我不急。跑得了和尚跑不了庙，但我希望从那里可以看到地球。这样看来，那里离飞船不远，是安装阿特的天线的好地方。坦率地说，我反对在我们回程之前移动飞船，即使我们会错过一次尝试和地球联络的机会。"

他们现在处于阴影之中，这让博士松了一口气。与常人的想象相反，尽管在这里阳光缺乏空气的散射作用，但阴影并不黑。他们身后的月面和远处耀眼的山峦，都把相当多的反射光投射到了阴影中。

当他们朝着山峦走了一段距离后，博士意识到他并没有把一行人很好地聚集在一起。他自己就驻足查看过罗斯发现的一个地方，那里的基岩露出月面，他试图在昏暗的光线下弄清它的性质。这时，他突然注意到莫里不在他们身边。

他克制住自己的恼火，极有可能是走在前头的莫里没有看到他们停下脚步。但他还是焦急地环顾四周。

莫里就在前面大约100米的地方，那里是山峦的第一道褶皱处。"莫里！"

那个人站了起来，但无线电里没有回应。这时，他注意到莫里正在转向，迂回而行。"莫里！回来！你没事吧？"

"没事？当然啊，我很好。"他咯咯地笑着。

"好吧，回来吧。"

"不能回去。我很忙——我找到了！"莫里漫不经心地走了一步，高高跃起，又落了下来，跟跟跄跄地走着。

"莫里！站着别动。"卡尔格雷福斯博士急忙向他走去。

但他并没有站着不动。他开始蹦蹦跳跳，跳得越来越高。"我找到了！"他尖叫道，"我找到了！"他做了最后一次跳跃，懒洋洋地飘下来时，他喊道："我找到……白骨了……"他的声音越来越小。他先是双脚着地，接着做了一个完整的前空翻，然后就摔倒了。几乎就在他摔倒的同时，博士大步流星地跨跳到了他身边。

首先着地的是头盔——不，它没有破裂。但是男孩的眼神涣散，头耷拉着，脸色苍白。

博士把他抱在怀里，开始朝"伽利略号"跑去。尽管他只是在飞行员训练用的低压舱里看到过这些症状，但他知道——那是缺氧！出状况了，莫里缺氧。他可能会在得到救助之前就死去，或者更糟糕的是，他的大脑会遭受永久性损伤，他那敏捷的才智将不复存在。在人类为征服高空而进行飞行的那些勇敢又危险的岁月里，这种情况发生过很多次。

双重的负担——莫里和宇航服——并没有使他放慢脚步。

他把莫里紧紧地抱在胸前，挤进了气闸室，当空气通过阀门嘶嘶作响的时候，他焦急地等待着。他用尽全力也无法打开那扇门，直到内外气压相等。

接着，他进去了，把莫里放在甲板上。莫里还是不省人事。博士用戴着手套的颤抖的手脱下了他的宇航服，然后又匆匆脱下自己的宇航服，再松开莫里的头盔。当新鲜空气拂过病人的时候，他没有看到生命的迹象。

他痛苦地咒骂着，试图把自己宇航服里的氧气直接输送给男孩，但由于某种原因，莫里宇航服上的阀门没有响应。接着他转向自己的宇航服，断开氧气管，将未经处理的氧气直接喷到男孩的脸上，同时有节奏地按压他的胸口。

莫里的眼睛闪了闪，然后他喘起了粗气。

"发生了什么事？他还好吗？"在他忙活的时候，另外两个人穿过了气闸室。

"也许他会没事的。我不知道。"

事实上，他很快就醒了，然后坐起身来，眨了眨眼。"怎么回事？"他想知道。

"躺下。"博士将一只手搭在他肩上，催促道。

"好吧……嘿！我这是在飞船里面了。"

博士向他解释了事情的经过。莫里眨了眨眼睛，说："这就有意思了，我没事，还感觉好得不得了……"

"这是一种症状。"

"是的，我记得。但我当时没想起来。我刚刚捡起一块上面有个洞的金属，然后突然……"

"什么东西？你是说加工过的金属？曾经有人……"

"是的，所以我当时才那么兴……"他停下来，一脸疑惑，"但不可能啊。"

"有可能。这个星球也许曾有过定居者……或是来访者。"

"哦，我不是那个意思，"莫里耸了耸肩，好像这事不重要似的，"我当时看着它，意识到它意味着什么，然后有个光头小个子男人走了过来，接着……但那是不可能的。"

"不，"博士顿了一下，表示同意，"不可能是真的。恐怕你是在缺氧状态下犯迷糊了。但那块金属块呢？"

莫里摇了摇头。"我不知道，"他承认道，"我记得我当时拿着它看，就像我记得的其他事情一样清晰。但我也记得那个小个子。他就站在那里，他身后还有其他人，我知道他们是月球人。还有建筑物和树。"他停顿了一下，"我想就是这么回事。"

博士点了点头，然后将注意力转向莫里的氧气背包。现在阀门能正常工作了，也看不出哪里有问题。当莫里走进更深的阴影中时，阀门里面可能结了霜，或者有一点来历不明的泥土堵塞了它，或者莫里听从博士的建议减小压力时，减得太过头了，从而使自己慢慢窒息。但这种事情决不能再发生了。

他转向阿特："看这里，阿特。我想改造一下这些机关，这样你们就不能在不符合限定条件的情况下关闭它们。嗯……不，这还不够。我们还需要一个警示信号——当佩戴者的氧气供应停止时可以警告他。你看看你能想出什么办法。"

阿特满脸愁容，这是发挥他的机械工具脑以最大的能力工作时惯有的表情。"我的仪器备件中有一些灯泡，"他若有所思地说，"也许我可以装一个在颈环上，然后把它调整一下，这样当氧气气流停止时，它就会……"博士不再听下去，他知道这个超级实用的新警示器被发明出来只是时间问题。

第十三章

建造"狗屋"

　　正如莫里所想的那样，去到环形山的顶部，他们就看见了地球。卡尔格雷福斯博士、阿特和罗斯进行了探索，留下莫里在飞船上休养并着手解决他的天文导航问题。博士坚持要一起去，因为他不想让那两个男孩在陡峭的崖壁上扮山羊——在低重力条件下，这是巨大的诱惑。

　　此外，他还想在莫里出事的地方搜索一下。一群光头小个子男人，不，一块有孔的金属，有可能存在。如果它存在，那可能是人类自黑暗中爬出并拥有自我意识以来的最伟大发现的第一条线索。

　　但幸运没有眷顾他们——那个地方很容易找到，土壤疏松的月面上，脚印都是新的！但是，尽管他们竭力搜索，却一无所获。不过还不能说他们就一定失败了，因为陨石坑边缘的黑暗仍然笼罩着现场。再过几天，这里会有阳光。他计划到时候再搜索一次。

　　但是，就算金属块真的存在，莫里可能是在缺氧后神志迷糊的状态中把它扔掉了。它可能在落地前就已经飞出去了200

米，然后陷入松散的土壤中。

山顶之行更有收获。博士告诉阿特，他们将继续尝试给地球发送信息……然后他又不得不阻止阿特即刻跑回飞船上开始工作。相反，他们要寻找一个地方来安装他们的"狗屋"。

"狗屋"是一座小型的预制建筑，现在正紧贴在"伽利略号"弯曲的外壳上。这是罗斯的主意，也是他和阿特夏天一直在忙活的项目之一，那时博士和莫里正在参训。它的样子像一个金属板车库，有一个弯曲的屋顶，与匡西特活动小屋①很类似，但它有一个特殊的优点，即每块面板都可以通过"伽利略号"的门。

他们的想法并不是简单地把屋子搭建在月球表面，这样的话，小屋会交替遭受过热和过冷的考验。相反，它将是一个特制"洞穴"的基础框架。

他们在山顶附近找到了一个地方，是两个峰顶之间一块相当平坦的土地，大小也正合适。其中一个峰顶很容易到达，在那儿可以清晰地看到地球，适合进行直接视距的无线电传输。这里没有大气层，阿特不必担心地平线效应②，电波会朝他设定的方向走。在确定了地点后，他们回来拿工具和用品。

博士和罗斯完成了"狗屋"的大部分搭建工作。要阿特帮忙对他来说是不公平的，他已经饱受难以抉择的痛苦，一边想

---

①匡西特活动小屋：1941年美国罗得岛的匡西特海军航空基地研制的一种预制构件搭成的长拱形活动房屋，这种房屋装卸简单，移动方便。
②地平线效应：在地球上当一个物体距离观察者足够远时，其底部会被地球的曲率遮挡，只有其上部才能看到。这种现象被称为"地平线效应"。

把所有的时间都花在拍照上，一边又同样强烈地想把自己的装备组装起来，与地球取得联系。莫里则按照卡尔格雷福斯博士的要求，这几天主要承担了比较轻松的任务——做饭、处理自己的导航设备，避免了穿着宇航服工作的压力。

在低重力的情况下，移动建筑配件、其他材料和工具到现场变得轻而易举。每人每次可以搬运在地球上重量超过250千克的物资，只有走在陡峭的小路时，他们才需要分几次搬运，因为东西体积太大，路又不好走。

首先，他们在两块岩石之间的空地上铲沙扬土，直到地面足够平坦，可以安置金属地板，然后他们把那个小建筑组装好并安放上去。工作进展得很快，这部分只需要用到扳手，而金属地板轻如纸板。工作完成后，他们安装了"大门"，这是一个油桶大小的钢制桶状物，两端都安装了一个密封气垫圈。

大门一安装完毕，他们就开始把数吨月球土壤铲到屋顶上，直到岩壁之间的空隙都被填满，比屋顶约高出1米。当他们完工时，在两侧峰顶之间就只能看到冰屋形状的大门，"狗屋"的其他部分都隐藏了。月球稀松的土壤是它们的绝缘层，因为土壤本身的导热性就差，而且土层又处于真空状态。

但屋子还没有密封。他们安装了便携式的临时照明灯，然后拖着密封的扁平圆形金属盒和大包小包进了屋子。他们从盒子里拿出黏手的橡胶塑料片，把塑料片当作墙纸一样尽可能快地铺上去，免得塑料中的挥发物蒸发掉。他们给天花板、墙壁和地板都铺上了塑料片，然后从包裹中取出镜子一样闪闪发亮

的铝箔，将它们贴在塑料片上，地板除外，因为地板铺上了更重的杜拉铝①板。

他们对小屋进行了压力测试，修补了一些漏洞，也做好了搬进来的准备。整个工作只花了不到两个地球日的时间。

"狗屋"将是阿特的无线电室，也是一间储藏室，存放他们尽可能从飞船上搬出来的一切，以及短暂的回程旅行中所不需要的一切。飞船的货物空间将用来存放带回地球的标本，即使标本无非就是一些月球版的乡野岩石。

但对博士和其他三人来说，它不仅仅是一间储藏室兼无线

①杜拉铝：1906年，法国工程师维尔姆在一次实验中，发现含有一定成分其他金属的铝合金，其硬度和强度均有所增加，这就是第一种铝合金，后来由杜拉金属公司制造成功，故称为杜拉铝。

电室。他们把自己的私人物品也搬了进来，为大黄植株安装水培池，来实现室内空气的自我循环更新，以便小屋完全适合永久居住。

对他们来说，这象征着人类对这个星球的开荒和占有，是人类打算永久居留，满足自己的需求，并从中谋生的标志。

尽管客观情况要求他们几天后就得抛下小屋，但他们宣布这是他们的新家，他们在这里挂起了他们的帽子。

他们用一个仪式来庆祝它的竣工，博士故意把这个仪式推迟到"狗屋"建成后才举行。他们在小门前围站成一个半圆，博士向他们发表了致辞：

"本次月球探险经过了联合国一个委员会的正式授权，作为探险队的指挥官，我代表地球上的联合国，根据其法律，将这个星球列为我们的属地。升旗，罗斯！"

联合国旗帜迅速升到了一根又短又细的杆子的顶端。在这片无风的荒地上，它纹丝不动——但罗斯事先就想好了，已经用金属丝把旗帜上方的边缘都固定住，让它展示出自己的颜色。

博士看着旗帜升起，发现自己正大口喘着气。他在心里已经把地上的这个小洞穴视为月亮城的第一座建筑。他想象着，在一年左右的时间里，这个地方会建起几十个这样的窑洞，它们会更大，设备也更好。窑洞里将居住着勘探者、科学家和吃苦耐劳的建筑工人——这些工人会忙于在陨石坑中建造永久的月亮城，而其他工人则将在地表上安装一个巨大的飞船泊港。

附近将出现卡尔格雷福斯物理实验室的雏形，即"伽利略月球观测站"。

他发现自己泪流满面，想要擦去泪水只能是徒劳的——毕竟还隔着头盔。罗斯注意到了他的表情，这让博士很尴尬。"好吧，小伙子们，"他强迫自己和颜悦色地说道，"我们开始工作吧。真是有意思，"他看着罗斯补充说，"小小的几个象征物对一个男人的影响竟是这么大。"

罗斯的视线从博士脸上转向那色彩艳丽的旗帜。"我不知道，"他慢慢地说，"人不是化学反应的集合，他是思想的集合。"

博士瞪大了眼睛，他的孩子们都长大了！

"我们什么时候开始探险？"莫里想知道，"既然'狗屋'都完工了，我们现在为什么不出发呢？"

"不会等太久，我想。"博士不自在地回答道。过去这几天，他一直在安抚焦躁的莫里。对没有按原计划将火箭飞船用于点对点的探测，莫里明显感到失望。因为他有信心能够重复他在第一次着陆时的出色表现。

但是博士确信，一系列这样的着陆最终会导致坠机，即使他们没有在坠机中丧生，也会被困在那里，因挨饿或窒息而死。因此，他没有改变原先的决定：探险仅限徒步，而且旅行时间不能超过几个小时。

"让我们看看阿特的进展吧，"他建议道，"我不想把他撇下，否则他会总想着拍照。另外，他需要继续进行他的无线电工作。也许我们可以团结起来，为他提供一些额外的帮助。"

"好的。"他们爬过气闸室，走进了"狗屋"。阿特和罗斯已经在里面了。

"阿特，"博士脱下笨重的宇航服后问道，"你还要准备多久才能试用你那可以联系地球的无线电发射器？"

"我不知道，舅舅。我从没想过我们能用现有的设备来完成任务。如果我们能带上我想要的东西……"

"你的意思是，如果我们能负担得起的话？"罗斯插话道。

"好吧……无论如何，我有了另一个想法。这个全是真空的地方是生产电子产品的人的梦想世界！我要试着设计一些真正大功率的设备，不过不会是管子。我可以把元件安装在户外，而不必费心去安装玻璃。谁都听说过这种最简单的实验管道的设计方法。"

"但即便如此，"莫里指出，"这种情况可能会无限期地持续下去。博士，您原计划我们要在不到10个地球日的时间内离开。现在您会不会想延长停留时间？"他满怀希望地问道。

"不，我不会，"博士说，"嗯……阿特，让我们暂时跳过发射器的问题。毕竟，没有任何法律规定我们必须与地球建立无线电联系。但你还需要多长时间准备，才能开始接收来自地球的信号？"

"哦，那个啊！"阿特说，"必须完成所有棘手的工作才行。我现在把一切都弄到这儿来了，可以在几个小时内完成连接。"

"好吧！我们赶紧准备点午餐。"

将近3个小时后，阿特宣布他准备试用一下。"好了，"

他说，"准备就绪。"

他们围了过来。"你希望收到什么信号？"罗斯急切地问道。

阿特耸耸肩说："也许什么都没有，也许会收到全国航空协会或柏林无线电台发给我们的信号。但我想最有可能的还是巴黎电台，如果他们还在努力联系我们。"他调整了一下控制装置，依旧一脸茫然。

他们都非常安静。他们都知道，如果成功了，那将成为历史上的一个重要时刻。

他看起来像是突然大吃一惊。

"有什么发现吗？"

他一时没有回答。然后他摘下一边耳朵上的耳机，气呼呼地说："你们中有个人的对讲机一直没关。"

博士亲自检查了宇航服。"不，阿特，它们都关了。"

阿特环视了一下小房间。"但是……但是……不可能是别的东西啊。"

"怎么了？"

"'怎么了？'我接收到了某处传来的电波的嗡嗡声，它就在附近……很近！"

第十四章
另一艘飞船

"你确定吗？"卡尔格雷福斯博士问道。

"我当然确定！"

"也许就是巴黎电台，"罗斯说道，"你又不知道具体有多远。"

阿特看起来很愤怒。"你自己坐在这里来碰碰运气啊，德福雷斯特先生①。信号源很近，不可能来自地球的某个站点。"

"是回授现象②吧？"

"别傻了！"他试着又摆弄了一下表盘，"现在又消失了。"

"等一下，"博士说，"我们必须弄清楚这个问题。阿特，任何类型的发射器你都能安装吗？"

"不太容易。是的，我可以。归航设备已经准备好了。"

---

① 李·德福雷斯特（1873—1961）：美国发明家，被称为"无线电之父"、"电视始祖"和"电子管之父"。

② 回授现象：两个设备（如麦克风和音箱）相连时，因彼此之间的相互作用导致声波的重复反射，从而形成的一种干扰现象。也称作"啸叫"。

归航设备是一个低功率信号发射器，只用于"狗屋"和屋外穿宇航服的成员之间的通信。

"给我一点时间把它连接上。"他花了不止一点时间。但很快他就倾身对着麦克风喊道："喂！喂！有人在吗？喂！"

"他一定是在做梦，"莫里平静地对博士说，"外面不可能有人。"

"闭嘴！"阿特扭头说道，然后又继续呼叫，"喂！喂！喂！"

他的表情突然变得茫然，然后他尖声说道："说英语！请重复！"

"怎么回事？"博士、罗斯和莫里一齐问道。

"安静……拜托！"然后，他又对着麦克风说，"是的，我听到了。你是谁？什么？再说一遍？……这是'伽利略号'宇宙飞船，呼叫者是阿特·米勒。等一下，"阿特拨动了面板前面的开关，"现在请继续。重复一遍你的身份。"

无线电发射器里传出一个沉闷的低音。

"这是'月球探测一号'，"那个声音说，"我这就呼唤我们的船长，你愿意等一会儿吗？"

"等一下，"阿特喊道，"别走！"但喇叭里没有回答。

罗斯开始自顾自地吹起了口哨。"别吹了。"阿特要求道。

"对不起，"罗斯停顿了一下，然后补充道，"我想你明白这意味着什么吧？"

"意味着什么？"

"这意味着我们无法获得高级奖项了。有人打败了我们。"

"啊？你怎么知道的？"

"嗯，不确定，但很可能。"

"我敢打赌，是我们先着陆的。"

"我们拭目以待。听着！"喇叭又响了，这次是另一个声音，音色更轻柔，带有一丝牛津口音。"你在吗？我是'月球探测一号'的詹姆斯·布朗船长。你们是'伽利略号'宇宙飞船吗？"

博士俯身对着麦克风："这里是'伽利略号'宇宙飞船，我是卡尔格雷福斯船长。你们在哪里？"

"相距有一段距离，老伙计。但别担心。我们正在确定你们所在的方位。请继续发送信号。"

"我们想知道，以你们为中心，我们在你们的哪个方位？"

"别担心。我们会去找你们的。留在原地并继续发送信号就好了。"

"你们的月球经纬度是多少？"

那个声音似乎有些犹豫，然后又继续说道："我们现在已经获知你们的位置了。我们稍后可以深入交流。再见。"

此后，阿特一直大声喊着"喂"，直到声音嘶哑。但没有人回答。"最好不要关闭信号，阿特。"博士决定，"罗斯和我将回到飞船上。他们来了就会看到我们的飞船。不过我也不确定，他们可能一个星期都不会出现。"他沉思道，"这带来了很多新问题。"

"应该有人到飞船上去，"莫里指出，"不要等。他们可能还没有着陆，随时都可能出现。"

"我觉得这信号不是从飞船上发出的。"阿特说完,又转向麦克风。

尽管如此,他们还是决定让博士和罗斯回到飞船上。他们穿上宇航服,爬过气闸室。刚从陡峭的岩石斜坡上爬下来,罗斯就看到了一艘小飞船。

当时,他并没有听到声音,他本来只想回头看一眼博士是否在他身后,但刚好就在回头时,他看见了飞船。"看!"他对着头盔里的麦克风喊道,又指了指那艘飞船。

小飞船从西面向他们驶来,飞得又低又慢。飞行员驾驶着飞船,喷气发动机更多是朝下喷气,而不是向着船尾方向。"我们最好快点!"罗斯喊道,然后向前面跳去。

但它并没有着陆,而是俯冲向下,头部的喷气发动机奋力抵挡着落势,直接冲向"伽利略号"。在低于150米的高度时,飞行员把飞船拐了个弯,使得飞船的腹部朝前,尾部的发动机喷着气,就这么离开了。

在"伽利略号"停泊的地方出现了一道闪光,这是一次完全无声的爆炸,紧接着一团烟尘在真空中迅速消散。过了很长一段时间,他们感觉声音像是从他们的脚下传进了耳朵里。

"伽利略号"侧身伏倒,它的金属板上现出了一个大洞。"伤口"从破碎的驾驶室舷窗一直延伸到飞船的中部。

博士一动不动地站在那里,凝视着这令人难以置信的景象。罗斯首先开了口:"他们根本没有给我们任何机会,"他边说边对着天空挥舞着双拳,"根本没有机会!"

第十五章
究竟是为什么？

　　罗斯转身跟跟跄跄地往回走去，登上卡尔格雷福斯博士所在的斜坡，后者还一动不动地站在那里，看起来绝望而茫然。"您看到了吗，博士？"他问道，"您看到了吗？那些卑鄙小人轰炸了我们——他们轰炸了我们。为什么？为什么，博士？他们为什么要这么做？！"

　　眼泪顺着他的脸颊流了下来。博士笨拙地拍了拍他。"我不知道，"他慢慢地说道，"我不知道。"他重复着，仍在努力让自己从这场震惊中缓过来。

　　"啊！我想消灭他们！"

　　"我也是，"博士突然转身离开，"也许我们会的。来吧，我们得去告诉他们。"他开始往斜坡顶上爬。

　　但是，当博士和罗斯走到气闸室时，莫里和阿特已经从里头爬出来了。"发生了什么事？"莫里问道，"我们感觉到了地震。"

　　博士没有直接回答。"阿特，你关掉信号发射器了吗？"

　　"是的。究竟发生了什么事？"

"别再开启它了，它会让他们找到我们这里来的。"他向陨石坑的地面挥了挥手，"看！"

他们花了一两分钟才彻底搞清楚状况。然后，阿特无助地转向博士。"可是，舅舅，"他恳求道，"发生了什么事？为什么飞船爆炸了？"

"他们对我们发动了闪电式袭击，"卡尔格雷福斯博士愤怒地说道，"他们轰炸了我们。如果我们当时在飞船上，都会没命的。这就是他们的目的。"

"但为什么？"

"原因只有一个——他们不想让我们出现在这里。"他没有说出他们目前面临的真实现状：他们未知的敌人只是暂时没有达到消灭他们的目的。与他所认为的他们即将面对的不幸相比——被困在一个死寂又没有空气的星球上，被烈性炸药迅速炸死可能反倒是一件幸事。

他们能坚持多久？一个月？两个月？还不如被炸弹击中。

莫里突然转身走向气闸室。

"你要干什么，莫里？"

"去拿枪！"

"枪支对我们没什么用处。"

但莫里没有听到他说的话，他的天线信号已经被金属大门屏蔽了。

罗斯说："博士，我觉得枪支可能有用。"

"嗯？你怎么知道？"

"您说，他们下一步想要做什么？难道他们不想看看自己的'成果'吗？他们甚至没看到炸弹击中飞船就飞走了。"

"是吗？"

"如果他们着陆，我们可以劫持他们的飞船！"

阿特走近了。"嘿，罗斯，你说得没错！我们会抓住他们的！我们会给他们点颜色看看！"他的话一句接一句，在他们的无线电对讲机里尖声作响。

"我们试试！"博士突然决定，"我们试试。如果他们降落，我们不会不战而退。反正我们的境况也不会比现在更糟。"他突然不担心了。他们即将迎来一场战斗，对他来说是一件新鲜事，这并没有让他感到更加不安，反而使他高兴起来。"你认为我们应该躲在哪里，罗斯？躲进'伽利略号'里？"

"如果我们之前……他们来了！"小飞船突然出现在陨石坑远端的边缘。

"莫里在哪儿？"

"来了。"他背着那两支步枪和那支左轮手枪从他们后面走了过来。"给，罗斯，你拿……嘿！"他看到了陌生人的小飞船。"我们得抓紧时间。"他说。

但小飞船没有着陆。它飞得很低，下降到比陨石坑边缘稍低的高度，然后船尾在"伽利略号"的残骸附近扫过，便匆匆向上，再向外，然后离开。

"我们甚至没能抓到任何对付他们的机会。"莫里愤怒地说。

"时机未到，"罗斯回答，"我想他们还会回来进行第二次轰炸，以防第一次没得手，这是毫无疑问的。他们还会回来查看'成果'的。您觉得呢，博士？"

"我想他们会的，"博士断定，"他们会回来检查我们的飞船，一旦发现还有活口，他们就会立即干掉。我们不去'伽利略号'上了。"

"为什么不呢？"

"我们没时间了。如果他们想明白了，可能会以最快的速度掉头回来，然后降落。我们还未进入飞船就可能被抓住了。"

"我们必须冒这个险。"

他们别无选择。小飞船又出现在原来的方向。这一次，它显然是飞在一条旨在着陆的轨道上。"来吧！"博士喊道，然后疯狂地冲下斜坡。

小飞船降落在"伽利略号"和阴影之间的半道上，此时靠近山脚，体积明显小于"伽利略号"。博士没有注意到这些细节。他只想着在小飞船舱门打开之前到达那里，准备在他们出来时与他们搏斗。

但是，在他走到太阳下之前，他的理智就发挥了作用。他意识到自己没带枪。莫里拿了一支，罗斯拿了另一支，阿特挥舞着左轮手枪。他在靠近阳光灿烂的地方停了下来。"站住，"他命令道，"我认为他们还没有发现我们，起码暂时不会发现。"

"您有什么计划？"莫里问道。

"等他们出来并远离飞船之后，我们就冲向飞船。等我的信号。"

"他们听不见我们说话吗？"

"也许吧。如果他们也在这个频率上，我们就完了。大家关掉对讲机。"他自己也这么做了，突如其来的寂静令人不寒而栗。

小飞船的尾部几乎正对着他们。博士现在看到3个穿着宇航服的人影从飞船侧面的一扇舱门里鱼贯而出。第一个人迅速看了看四周，但似乎没有发现他们。几乎可以肯定他戴着护目镜，所以很难判断他能看到多少阴影里的东西。其中一人向另外两个人做了个手势，然后朝着"伽利略号"走去，用"伽利略号"船员们已知的、在月球上行走的正确方式进行了一次长距离的凌空踏步。仅凭这一点，博士就能做出肯定的判断：这些人，他们的敌人，并不是第一次登上月球。

博士任由他们一路走到"伽利略号"，他还没从蹲着的地方起身，这些人就消失在了"伽利略号"的后面。"快！"他对着关闭了的麦克风喊道，然后大步向前猛跳，一步就是15米。

气闸室的外门还敞开着。他冲了进去，随手把门关上。门是通过安装在其中心的转轮来关紧的，操作方法一目了然。关好门后，他环顾四周。小小的气闸室很昏暗，室内仅有的光亮源自内门上的一块玻璃透进来的光线。在这微弱的光线下，他察看并摸寻着他接下来所需要的东西——空气溢流阀。

他找到了它，听到空气嘶嘶地进入了气闸室。他靠在内门上，等待着。

突然，内门打开了。他进入到了飞船里，眨了眨眼睛。

飞行员座椅上还坐着一个人。他转过头来，似乎在说些什么。戴着头盔的博士完全听不见，也不感兴趣。他充分利用低重力的优势冲向那个人，紧紧抓住了他的头和肩膀，发起攻击。

那个人吃了一惊，根本没做出什么反抗——不过就算反抗又能怎么样呢？博士已经做好了与任何东西搏斗的准备，包括老虎。

他揪住了那个人的头往加速椅的软垫上撞，然后又意识到，这么做没什么用。他收回一只戴着手套的拳头，一拳打在那个人的肚子上。

那人咕哝了一声，似乎没了斗志。博士向他毫无防护的下巴打了一记短拳。不需要第二拳了。博士把他推倒在地，不经意间注意到受害者的腰带上插着一个枪套，里面似乎是大口径毛瑟枪，然后他朝那家伙居高临下地站着，向驾驶室舷窗外看去。

靠近"伽利略号"破损的头部的地上躺着一个人，不知是敌是友。但另外一个站在其旁边的人毫无疑问就是敌人。不仅仅是因为他穿着的宇航服是陌生的款式，还有他手里的手枪。他正朝博士所在的小飞船的方向开火。

博士看到了枪口的火焰，但没有听到枪声。接着那人又开了一枪——这一枪几乎把他震聋了，博士所在的飞船被击中了，像一个巨型铃铛般响了起来。

博士左右为难。一方面，他迫切希望加入战斗，他能使用那失去战斗力的对手身上的武器。然而，他不能在出去时把俘虏留在飞船里，即使在激烈的战斗中，他也不愿意杀死一个不省人事的人。

舷窗外急剧变化的情况没给他过多考虑的时间。他做出了决定：先狠狠地击打那个人，然后走出去。

"伽利略号"头部那个身着宇航服的射击者突然没有了头盔，他的脖子上只有一个锯齿状的衣领。他放下手枪，紧紧捂住自己的脸，在那里站了一会儿，似乎对自己的困境感到困惑，犹豫地向前走了两步，然后轻轻地倒在了地上。

他扭动了一下身体，但没有站起来。当第三个人出现在飞船尾部时，他还在抽搐，但没能持续多久。新出现的这个人看起来很困惑，无法理解事态的反转，考虑到枪战发生在幽灵般的寂静中，情况很有可能是反转了。他似乎完全不知道他们遭到了谁的枪击，也不解其中的原因。当他伸手想去拿枪时，就中了两枪，一枪击中了他的胸部，第二枪击中他的腰部。他向前弓着身子，直到头盔碰到地面，然后倒下。

博士听到身后有响动。他握紧了手里蓄势待发的枪，转过身去，看到气闸室的门打开了。

是阿特，他眼睛发红，怒目圆睁。"这里还有人吗？"男孩一边大声朝他喊道，一边用力挥了一下左轮手枪。隔着两顶头盔，阿特的声音微弱地传到了博士的耳朵里。

"没有。打开你的对讲机，"他喊回去，然后意识到自己的无线电对讲机仍然关着。他打开它，又重复了这句话。

"我的开着呢，"阿特回答道，"气闸室充气的时候，我打开了对讲机。他们在外面怎么样了？"

"看样子应该还好吧。来，你来盯着这家伙。"他指着自己的脚下，"我要出去。"

但已经没有必要了。气闸室又打开了，罗斯和莫里从里头钻了进来。博士有些走神，心想："这两人是如何挤进那棺材般的空间的？"

"需要帮忙吗？"莫里问道。

"不，看起来你们也不需要。"

"我们伏击了他们。"罗斯兴高采烈地说，"我们躲在飞船的阴影里，在他们出现的时候突袭了他们。除了第二个，其他都撂倒了。在我们抓到他之前，他差一点就打中我们了。您知道吗？"他继续滔滔不绝，好像要把一辈子的话都说完，"头上戴着个'鱼缸'的时候，几乎不可能看到枪。"

"嗯……你做得很好。"

"纯属运气。莫里乱开枪的。"

"我没有，"莫里否认，"我每一枪都瞄准了再打的。"

博士提醒他们要密切留意俘虏，因为他想去外面看看。"为什么还要费心盯着他？"阿特问道，"要我说，给他一枪，然后把他扔出去就好了。"

"冷静点，"博士告诉他，"射杀俘虏不是文明之举。"

阿特哼了一声。"他算文明人吗？"

"闭嘴，阿特！莫里，你来负责。"他钻进气闸室，关上了门。

博士对战场进行了仔细检查，这过程也没花多少时间。在他看来，其中两个敌人的伤口无疑是致命的，就算他们的宇航服没有完全瘪下去。第三个人的头盔被击中，人已经回天乏术了。他的眼睛睁得大大的，直视着天鹅绒般的天空，鼻子仍在冒血泡。他死在了真空中。

他转身走向小飞船，甚至没有看一眼曾经美丽的"伽利略号"，它已经变成一堆没用的破烂。

回到飞船上，他扑坐到一张加速椅上，叹了口气。"还不错，"他说道，"好歹我们还有一艘飞船。"

"那是您自以为，"阿特阴郁地说，"看看那个仪表板吧。"

第十六章
月球背后的秘密

"什么？"卡尔格雷福斯博士说着，朝阿特所指的方向看了过去。

"这不是太空飞船，"阿特苦涩地说道，"这玩意儿就是一辆吉普。看看这个。"他指的是两个仪表。一个上面标着德文词"氧气"，另一个上面的德文词是"酒精"。"氧气和酒精，这东西甚至只能算是一辆童车。"

"也许这些只是为了操纵喷气发动机呢。"博士回应道，其实心里并不抱太大的希望。

"不可能，博士，"罗斯插话道，"我已经彻底检查了一遍，阿特帮我翻译了这些鬼话。此外，您注意到了吗？这艘飞船没有任何机翼。这纯粹是一辆登月旅行车。您看，我们有人陪了。"

那个俘虏睁开眼睛，试图坐起身来。

博士抓住他一侧的肩膀，猛地把他拉起来，又把他推到自己刚腾出来的座椅上。"现在，你……"他厉声说道，"快给我说！"

那人看起来很茫然，没有回答。"您最好试试用德语跟他交流，舅舅，"阿特建议道，"设备标签都是德文。"

博士想起了很久以前所接受的职业教育，痛苦地把话转成了德语："你叫什么名字？"

"我叫弗里德里希·伦茨，二等中士技术员。你是谁？"

"先回答问题。你们为什么要轰炸我们的飞船？"

"执行任务而已。我接到了命令。"

"这不是理由。你们为何要轰炸一艘民用飞船？"

那人看上去面露愠色。"很好，"博士继续说道，用的仍然是德语，"打开气闸室，阿特。我们把这垃圾扔到月球地面上去。"

这个自称中士技术员的男人语速突然飞快起来，听得博士直皱眉头。"阿特，"他重新用英语说道，"你必须帮我翻译一下。他的语速对我来说太快了。"

"还要翻译！"罗斯抗议道，"他说什么了？"

"我试试。"阿特表示同意。然后他换成了德语说："再回答一遍。慢慢说。"

"是……"那个男人同意了，对着博士说道。

"船长！"阿特对他吆喝了一句。

"是，船长，"那男人毕恭毕敬地照办了，"我是想向您解释……"他把来龙去脉说了一遍。

他停下来的时候，阿特进行了翻译。"他说，他是这艘飞船的机组人员之一。他说，飞船是由一个中尉指挥的——名字我没听清，反正就在我们射杀的三人当中。他们的船长命令他们在这个地点寻找并炸毁一艘飞船。他说这不是……呃，不是一次毫无目的的袭击，而是战争行动。"

"战争？"罗斯问道，"他说的'战争'是什么意思？没有战争。这完全是谋杀未遂。"

阿特再次与俘虏交谈。

"他说就是战争，一直都有战争。他说，在德国获胜之前，战争永远存在。"他听了一会儿又说，"他说他们的帝国将绵延千载。"

莫里咒骂起来，那些话博士以前从未听他说过。"问问他是怎么知道的。"

"别管了，"博士插话道，"我开始明白整件事是怎么回事了。"他直接冲着这个俘虏说道："你们一伙共有多少人？来月球上多久了？还有你们的基地在哪儿？"

过了一会儿，阿特说："他说根据国际法，他不必回答这类问题。"

"哼！你可以告诉他，战争结束时，战时的国际法就失效了，但这无关紧要。告诉他，如果他想获得战俘'特权'，我们给他自由，就现在！"他用拇指指了指那个气闸室。

他说的是英语，但犯人能看懂他的手势。在那之后，他利索地道出了诸多细节。

他和他的同伙们已经在月球上待了将近三个月。他们有一个地下基地，就在损毁的"伽利略号"所在的陨石坑以西约21千米处。基地里有一艘宇宙飞船，比"伽利略号"大得多，而且它也是核能驱动的。他认为自己是帝国军队的一员。他不知道船长为什么要下令炸毁"伽利略号",但他觉得这是为保护他们的计划而采取的一种军事安全行动。

"什么计划?"

他又变得固执起来。博士真的就打开了气闸室的内门,心里也不清楚为了逼迫这个人透露更多信息,自己会使出多少手段,直到这家伙崩溃。

计划很简单——征服整个地球。参与该计划的德国人人数不多,但他们都是顶尖的军事、科学和技术人才。他们逃离了德国,在偏远山区建立了一个基地,从此一直在那里做拯救帝国的工作。中士似乎不知道那个地球基地在哪里。博士仔细询问了他。非洲?南美洲?某个岛屿?但他能得到的信息只有他们乘坐潜艇从德国出发,经过长途跋涉才到了那里。

但是这个目标——德国的目标,令他们彻底昏了头,甚至连自己的安危都不顾了。德国有原子弹,但只要他们还躲在地球上的秘密基地里,他们就不敢采取行动,否则会自取灭亡,因为联合国也有原子弹,而且数量要多得多。

但当他们实现了太空飞行,他们就有了办法。他们将安然地坐在不会被波及的月球上,从月球发射定向导弹摧毁一座又一座地球上的城市,直到对此毫无办法的国家向他们投降求饶。

最终计划的道出使他们的俘虏又一次露出了傲慢的神色。"而且你们无法阻止它,"他总结道,"你们可以杀了我,但你们无法阻止袭击!帝国万岁!"

"介意我朝他的眼睛吐口水吗,博士?"莫里以聊天的口吻说道。

"别浪费力气了，"博士劝告道，"让我们看看能否想到办法摆脱这场灾难。有什么建议吗？"他把俘虏从椅子上拖了下来，让他脸朝下趴在甲板上，然后他坐到了俘虏身上。"直说无妨，"他催促道，"我想他连两个英语单词都听不懂。怎么样，罗斯？"

"好吧，"罗斯回答，"现在这不仅仅事关拯救我们自己。我们必须阻止他们。但是用两支步枪和两支手枪对付50个人，这活儿听起来像是人猿泰山或超人才能干得了。坦率地说，我不知道该怎么开始。"

"也许我们可以从侦察他们着手。21千米，在月球上不算远。"

"听着，"阿特说，"一两天之内，我或许能安装一个可以联系上地球的信号发射器。我们需要增援。"

"他们怎么到这里来呢？"罗斯想知道，"除了德国，只有我们有太空飞船。"

"是的，但博士的计划仍然可行。您给罗斯的父亲留下了完整的笔记，不是吗，博士？他们可以忙活起来，再造一些飞船，然后来这里把那些臭鼬炸了。"

"这可能是最好的办法，"博士回答道，"我们绝不能有丝毫闪失。他们在知道我们的飞船确实有用，并了解我们的计划之后，他们可以先袭击德国人的地球基地，然后几周后来摧毁这个月球基地。"

莫里摇了摇头。"这一切都错了。我们现在必须解决他们，时间一点不能耽搁，就像他们突袭我们一样。假设联合国部队需要6周才能到达那里。6周时间可能就太久了。3周也可能太久。一周还是太久。一场核战争可能在一天内就结束了。"

"好吧，那就问问我们的朋友是否知道他们计划何时对地球发起袭击。"罗斯说。

莫里摇摇头，阻止阿特这么做。"没用的。我们永远没有机会制造发射器。他们会像记者涌向谋杀案审判现场一样涌进这个陨石坑。听着，他们随时会到这里来。难道你们以为他们会不管这艘小飞船吗？"

"哦，天哪！"说话的是阿特。

罗斯又加了一句："现在几点了，博士？"

令他们极其惊讶的是，距离"伽利略号"被轰炸只过去了40分钟，但他们觉得似乎过了一整天。

这让他们振作了一点，但效果并不大。俘虏承认，他们乘坐的小飞船仅用于多功能的短途任务。而德国人的宇宙飞船——他称之为"沃坦号①"——几乎不会被用于搜索任务。也许他们会有几小时相对空闲的时间。

"但我还是不明白，"博士承认道，"两支步枪和两支手枪，加上我们四个人。胜率太低，而且我们输不起。我知道你们这些小伙子不怕死，但我们必须赢。"

"怎么，"罗斯问道，"难道只有枪才有用吗？"

---

①沃坦（Wotan）是美国DC漫画旗下的超级反派，初次登场于《多趣漫画》第55期（1940年5月）。

"还有什么？"

"这个玩意儿轰炸了我们。我敢打赌它携带的炸弹不止一枚。"

博士看起来很吃惊，他转向俘虏，语速飞快地说着德语。俘虏做了简短的回答。博士点点头说："莫里，你觉得你能开这辆破车吗？"

"我当然可以尝试一下。"

"好吧，那就你来吧。我们会在这个德国人的肋骨上顶上一把枪，让他进行小飞船的起飞操作。你得学会驾驶它。你只有一次机会，而且没法练习。现在让我们看看炸弹控制装置。"

炸弹控制装置很简单，也没有什么投弹瞄准器之类的东西。飞行员驾驶这艘飞船朝轰炸目标笔直俯冲，并在爆炸前将飞船拉升。有一个小工具可以把炸弹从飞船上扔下去，然后飞船会继续沿着先前的轨迹飞行。弄清楚之后，他们又跟飞行员俘虏核实，后者的答案与他们研究机械所得出的上述结论相同。

飞船上有两个飞行员座位，飞行员座位正后方则是两个乘客座位。莫里坐在一个飞行员座位上，旁边则坐着那个俘虏。罗斯坐在莫里身后，而阿特坐在博士的腿上，两个人同系一条安全带。这样一来，阿特就被挤得贴上了前排飞行员座位的后背，这正好方便他伸手拿枪顶着俘虏的身侧。

"都准备好了吗，莫里？"

"一切就绪。我要先飞一轮来确定方位，并找到他们藏身之处的入口。然后我再飞回去，好好教训他们。"

"好的。如果可以的话，尽量不要击中他们的宇宙飞船。我们要能回家才好。起飞吧！注意！起飞！^①"

复仇者们一飞冲天。

"情况怎么样？"过了一会儿，博士大声喊道。

"没问题！"莫里回答，他提高嗓门以穿透飞船的咆哮声，"我开着它飞进烟囱里都行。我想前面有座山，在那里！"

他们飞向那座山丘，其旁边银色的"沃坦号"打消了他们的所有疑虑。它看上去像是一块向上矗立的天然岩石，与那些陨石坑截然不同的是，它独自位于一个几千米外的"海洋"中。

他们从"沃坦号"旁边飞了过去，莫里掉转飞船，这种急转遏制了飞船的速度，使得他们紧紧地陷在座位里。阿特努力稳住左轮手枪，不让它走火。

莫里掉转飞船后去实施轰炸，飞船升得很高，准备俯冲。博士想知道莫里是否真的看到了地下基地的气闸室，他自己并没有看见。

没有时间思考了。莫里正在俯冲，他们全都被顶在垫子上，莫里折腾了一会儿才从俯冲中恢复过来，把飞船升高，然后轰炸。他们悬停了一会儿，博士觉得莫里太急于做出出色的表现，可能并没有击中目标。他做好了坠机的心理准备。

然后他们就升了起来。当飞船到达一定的高度，莫里又对

---

① 原文为德语。

它进行了一通操作，最后让它熄了火。他们直接往下坠，观景舷窗朝下，月面迎面扑来。

他们可以看到飞溅的灰尘和沙子仍在上升。其间突然传来嗖的一声，一股夹杂着碎片和更多的沙子的强大气流喷薄而出，又立刻在平原上方的真空中消散了。他们看到了一个敞开的、通往地下的黑漆漆的洞口。

莫里投下的炸弹正中靶心，炸开了气闸室。

莫里按博士的计划让飞船着陆，停在"沃坦号"后面，离洞口很远的地方。"好了，博士！"

"很好。我们现在再仔细梳理一遍这个计划——我不希望有任何疏忽。罗斯跟我一起出去侦察。你和阿特待在飞船上。

我们会先瞧瞧'沃坦号'，然后再侦察基地。如果我们离开的时间超过30分钟，你们必须假设我们已经阵亡或被俘了。无论发生什么情况，你们都不能离开这飞船。如果有人向你们走来，你们就开枪。哪怕是我们回来了，也不要轻易让我们靠近，除非我们身边没有其他人。然后即刻起飞。你们还有一枚炸弹——你们知道该怎么办。"

莫里点了点头。"炸毁'沃坦号'。我讨厌那样做。"他若有所思地盯着那艘大飞船，那是他们返回地球的唯一希望。

"但你们必须这么做。然后你和阿特必须赶紧逃离，再回到'狗屋'去躲起来。阿特，你无论如何都得组装起一套能把信息发回地球的设备。这是你们唯一的任务。在任何情况下，你们都不能回到这里找我和罗斯。如果你们躲起来，他们可能几个星期都找不到你们。这将是你们的机会，是给地球的机会。明白吗？"

莫里犹豫了一下问："假设我们把消息发回了地球。然后呢？"

博士想了一会儿，回答说："我们不能站在这里喋喋不休——还有工作要做。如果你们顺利发送了信息，并得到回复，他们明确表示相信你们，而且他们正忙活起来，那么你们就得自己应变了。但我建议你们不要做没把握的事情。如果我们30分钟后还不回来，你们可能就帮不了我们了。"他停顿了一下，决定再补充强调一件事，男孩们对他个人的忠诚度使他对一件事产生了怀疑。"如果要投炸弹，你们必须把它投到必须投的地方，即使我和罗斯就站在你们的目标位置上。你们明白的，对吧？"

"我想是的。"

"这是命令，莫里！"

"我理解。"

"莫里！"

"是的，是的，船长！"

"很好，先生，这样好多了。阿特，你们这边由莫里负责。走吧，罗斯。"

周围没有任何动静。轰炸扬起的烟尘也已经在真空中完全消散。地下基地那边破裂的气闸室看上去漆黑又安静，而他们附近那线条流畅、造型威武的"沃坦号"也无人看守，静静地矗立在那里。

博士绕着飞船转了一圈，戴着手套的拳头里握着手枪，而罗斯则拿着一支步枪跟在他身后。按照计划，两个人之间保持了一段距离。

和"伽利略号"一样，"沃坦号"只有一扇门，就在指挥舱后面的左舷一侧。博士示意罗斯保持距离，然后爬上一个金属小悬梯，确切地说是楼梯，接着查看了插栓。令他惊讶的是，飞船没有上锁——然后他又纳闷自己为什么会感到惊讶，毕竟锁在城市里才有用。

当气闸室的压力与内舱的压力相等时，他解下别在皮带上的手电筒——从小飞船上没收来的，准备面对舱门背后的一切。舱门闷声闷气地打开时，他弯下身体，闪到一旁，然后把打开的手电筒对着内舱，灯束晃动了一圈。什么也没有……

连人影都不见一个。

飞船从头到尾都没有人。这简直就是运气爆棚。他本以为，即使是休息时间，或者即使飞船上没有工作可做，至少也会有一名值班警卫的。

然而，安排一个值班警卫意味着少了一双工作的手……这就是月球，这里的一双手相当于地球上的一百双、一千双。这里的人力资源极其珍贵。他推断，更有可能的是，这里值班的是一个雷达，自动工作，不眠不休。他想，也许还有一个宽频段无线电报警器，他还记得他们第一次在陨石坑边缘往外发送信号时，对方的回应是那么迅速。

他穿过一个装有几十个加速铺位的乘客舱，又穿过一个货舱，然后走到更远的船尾。他在寻找动力装置。

他没有找到。相反，他发现了一块焊接的无门的钢隔板。他很困惑地回到了控制室。在那里，他的发现使他愈加困惑。加速座椅十分老式，其中一些导航仪器是常见的类型，所有设备都不太难理解，但这些控制装置根本毫无意义。

尽管他感到困惑，但有一点却是非常清楚的：敌人并没有完成在秘密藏身处建造一艘巨型太空飞船这一几乎不可能完成的任务。与他和男孩们独自建造"伽利略号"一样，对方所做的也是改造和加装小型设备的工作。

但"沃坦号"是底特律制造的有史以来最好、最新、最大的飞船之一！

时间不多了，他光是在飞船上探查就花了7分钟。博士匆匆走了出来，与罗斯会合。"空无一人，"他报告说，细节以后再述，"我们去探探他们的老鼠洞吧。"他大步流星地飞奔在平原上。

他们不得不小心翼翼地穿行于洞口的碎石中。这枚炸弹不是原子弹，只是普通的烈性炸药，他们虽然不会遭受辐射污染，却有跌倒、滑落，甚至坠入黑暗处的危险。

不久，碎石之中出现了一段通向月球深处的楼梯。罗斯挥舞着手电筒。墙壁、台阶和天花板上都覆盖着一层坚硬的油漆，在上面喷涂油漆是为了密封这个地方。这种材料近乎透明，他们可以看到漆层底下是精心安装的石材。

"他们倒是不怕费事，对吧？"罗斯评论说。

"保持安静！"博士回答。

沿着陡峭的通道往下走了60多米后，他们来到了另一扇门前，这不是气闸室的门，但显然是一扇气密安全门。它没有保护好主人们的安全，爆炸后原本正常的压力突然改变，它难以承受，于是被卡住，已经膨胀变形，所以有空隙可以让他们挤进去。

门后的房间里有点点灯光。爆炸炸碎了敌人们使用的大多数老式灯泡，但各个角落总有那么一盏灯还亮着，让他们看到自己身处在一个大厅里。博士小心翼翼地向前走去。

大厅右侧有一个房间，中间是一扇普通的非气密门，门耷拉着，上面只残留着一个合页①。在房间里，他们发现了进攻时整个场地都空荡荡的原因。

---

①合页：由两片金属构成的铰链，大多装在门、窗、箱、柜上面。

这个房间是营房，那些德国人已经死在了自己的铺位上。在月球上，关乎人类工作、吃饭和睡觉时间的"日"和"夜"是可以随意设定的。这些德国人用的是另一张时间表。不幸的是，当莫里的炸弹夺走他们的空气时，他们正在睡觉。

博士在房间里待了很长时间，以确认所有的敌人都死了。他不让罗斯进来，现场有些血迹。

他没等自己犯恶心就赶紧走了出去。

罗斯有了一个发现。"看这儿！"他喊道。

博士看了看。部分墙壁因为突如其来的压力而坍塌，猛然向房间内倾斜。这是一块金属板，而不是构成墙壁的其他部分的砖石结构。罗斯又拉又撬，想看看后面有什么，然后拿起手电筒对着后面的黑暗处照去。

那是另一条走廊，两旁都是精心打磨的石头。但是这里的石头并没有刷上密封油漆。

"他们为什么在建好后又把它封了？"罗斯想知道，"您觉得他们会在下面存放什么东西？也许是他们的原子弹？"

博士耐心地研究着那些铺好的石头，这些石头一直延伸到深不可测的黑暗中。过了很长时间，他才轻声回答："罗斯，你发现的不是德国人的储藏室，而是月球人的家。"

第十七章
侦察基地

　　这一次，罗斯几乎像阿特一样笨嘴拙舌了。当他能够说得出话时，他问道："您确定吗？您确定吗，博士？"

　　卡尔格雷福斯博士点了点头。"我对此非常确定。我想知道德国人为什么要建造一个如此深而宽的基地，为什么他们选择使用岩石作为建筑材料。身穿宇航服来建造这个是很不方便的。但我以为这要归功于他们一向出了名的敬业精神——也就是他们口中所谓的'效率'。我本应该更清楚的，"他凝视着神秘而阴暗的走廊说，"当然，这不是过去几个月才建成的。"

　　"您觉得那是多久以前的事？"

　　"多久？一百万年是多久？一千万年是多久？我不知道——我连一千年都很难想象。也许我们永远都不会知道。"

　　罗斯想要探索。博士摇了摇头。"我们不能去追兔子。这事确实太棒了，是这么多年来最重大的事件。但可以等等。现在，"他瞥了一眼手表说，"我们还有11分钟的时间完成任务，回到地面，否则那边就要出事了！"

他快速小跑着探查了余下的建筑设施，而罗斯则留在中央大厅帮他固守后方。他发现了无线电"棚屋"，一名男子死在了他的电话堆里。他还注意到，当爆炸的余波掠过这个地方时，设备似乎没有受到太大损坏。在更远的地方有一个军火库，里面有小飞船用的一些炸弹和步枪，但没有人。

他找到了导弹储藏室，里面有200多枚导弹，但只占据了架子的一半。看到它们本该会让他感到恐惧，因为他知道每一枚导弹都代表着一座可能会因它的轰炸而陷入死寂的城市。但他没时间害怕，他只能继续往前冲。

有一个较小的房间，配备了很好的家具，似乎是军官们的起居室或公共休息室。正是在那里，他发现了一个与其他死者不太一样的德国人。

他身上穿着宇航服，脸朝下趴着。尽管他没有动，卡尔格雷福斯博士还是非常谨慎地走近他。

这名男子要么已经死了，要么陷入了昏迷。然而，他的脸上没有死亡的痛苦表情，他的宇航服还有气压。博士不知道该怎么办，于是跪到了他身边。那人的腰带上别着一支手枪，博士把它取了下来，插到自己身上。

隔着沉重的宇航服和他自己的手套，他摸不到对方的心跳，因为戴着头盔，他也没法去倾听心跳。

他的手表显示距离约定时间还有5分钟，无论做什么，他都必须迅速完成。他抓住那副软弱无力的躯体上的腰带，拖着他往前走。

"你在那里发现了什么？"罗斯问道。

"纪念品。我们回去吧，没时间了。"他屏住呼吸准备攀登。他和他的"负担"加在一起重27千克，一步能飞上六级台阶。到了最上面，他的表显示还有两分钟。"你快跑到小飞船上去，"他命令罗斯，"我不能把这个东西带到那里，否则莫里可能会认为这是个陷阱。我们'沃坦号'里见。行动吧！"他把重担扛在一边肩膀上，向大飞船飞奔而去。

一登上大飞船，博士就放下了肩上的"担子"，把那个人的宇航服脱了下来。他的身体很暖和，但人似乎已经死了。然而，博士发现自己能感觉到对方微弱的心跳。男孩们从气闸室里挤出来的时候，他正在进行人工呼吸。

"嗨，"他说，"谁想帮帮我？这种事情我不太擅长。"

"为什么要费这个劲呢？"莫里问道。

博士停顿了一下，疑惑地看着他。"这个嘛，除了你从小就被教导要信奉的传统价值观之外，对我们来说，他活着可能比死了更有用处。"

莫里耸了耸肩。"好吧，我来接手。"他跪了下来，接替博士开始忙活。

博士问罗斯："你跟他们说了最新情况了吗？"

"我把大致情况都给他们说了。告诉他们这个地方看上去归我们所有，我还说了我们的发现——那个废墟。"

"也不完全是个废墟。"博士说。

"舅舅，"阿特问道，"我能下去吗？我得去拍些照片。"

"拍照再等等，"博士指出，"现在我们必须弄清楚这艘飞船的工作原理。一旦掌握了窍门，我们就飞回去。这是最要紧的。"

"当然，"阿特承认，"但是……毕竟……我的意思是，一张照片都不能拍吗？"

"好吧……这么说吧，不论是我，还是罗斯和莫里，可能都需要相当长的时间才能弄清楚怎么操控这艘宇宙飞船，更别说你了。我们或许能腾出20分钟时间给你。与此同时，大家都可以提出建议。来吧，罗斯。顺便问一下，你们把俘虏怎么着了？"

"哦，他啊，"莫里回答，"我们把他捆了起来，丢在那里没管了。"

"啊？他要是逃跑了怎么办？他可能会偷走小飞船。"

"他逃不了的。他是我亲自捆的，我对捆绑很有心得。无论如何，他都不会企图逃跑的。他没有宇航服，也没有食物。那家伙能活到几时，是我们说了算，他不会想搞砸的。"

"没错，舅舅，"阿特表示同意，"您要是听到他是怎么答应我的就好了。"

"我想应该问题不大。"博士承认道，"来吧，罗斯。"莫里继续他的工作，阿特跟他轮替。

几分钟后，博士和罗斯回到了中舱。"那人还没有生命迹象吗？"他问道。

"没有，要我停下来吗？"

"我来帮你。可能要过一个小时或更长时间后，他才会醒过来。你们两个多带一套宇航服去小飞船那里，把那个中士俘虏带回来。"他解释道，"那家伙是个飞行员，我们要让他彻底交代。"

他刚下定决心要开始工作，脚底下的人就呻吟起来。莫里在气闸室前想转身回来。"去吧，"博士对他确信地说，"我和罗斯能对付这个家伙。"

那个德国人边扭动边呻吟着。博士把他翻了个身。那人的眼睑动了动，露出一双明亮的蓝眼睛。他抬眼看着博士。"你好啊，"他用一种舞台表演式的英国腔说道，"我可以起身吗？"

博士后退，让他站起来，但没有去帮他。

那人环顾四周。罗斯默默地站着，用步枪指着他。"没必要这么做，真的。"那人抗议道。罗斯瞥了一眼博士，继续用枪指着俘虏。那人转向博士。

"请问您是哪位？"他问道，"是'伽利略号'的卡尔格雷福斯船长吗？"

"没错。你是谁？"

"我是赫尔穆特·冯·哈特威克，精锐卫队的陆军中校。"他的"中校"的发音不很准确。

"好吧，赫尔穆特，你就说说吧，你们的大计划是什么？"

这个自称中校的人笑了。"真的，老伙计，没什么好解释的，对吧？不知怎么的，你就避开了我们，然后占了上风。我看明白了。"

"你明白就最好，但这不是我的本意，而且那也还不够。"博士犹豫了一下。这家伙让他有些困惑，他一点也不像一个刚刚从昏迷中苏醒的人。也许他一直在装死——如果是这样，那他装了多久？

好吧，反正也没关系，他断定。这家伙仍然是他的俘虏。

"你为什么下令轰炸我的飞船？"

"我？我亲爱的朋友，你为什么认为是我下了这个命令？"

"因为你的口音听起来就像我们在无线电里听到的假英国口音。你自称'詹姆斯·布朗船长'。我想你们这伙歹徒中不会有第二个假英国人。"

冯·哈特威克扬起眉毛。"'歹徒'这个词很刺耳，老伙计，可以算是很没有礼貌了。但有一点你说对了，在我的同事中，我是唯一上过好的英语学校的人，不知道这算不算优势。切勿说我的口音是'假的'。此外，即使我借用了'詹姆斯·布朗船长'的名字，也不能证明是我下令轰炸了你的飞船。那是我们领袖的常规指令——战争中的应急处置。我个人没有责任。"

"我想你的两个说法都是在撒谎。我看你从来没有上过英语学校，你的假口音可能是通过听广播或看电影学的。你们的领袖没有下令轰炸我们，因为他不知道我们在那里。命令是你下的，你一发现我们在这里，立刻确定了我们的位置，然后就下令轰炸我们。"

那人摊开双手，手心朝下，样子看起来有点难过。"你们美国人真的都这么武断吗？你们真认为我能在10分钟内给小飞船加油，召集它的机组人员并为其装配好炸弹吗？我唯一的职责就是报告你们的位置。"

"那你们老早就在等着我们？"

"当然。如果在你们进入着陆轨道后，那个愚蠢的雷达手没有跟丢你们，我们会更早迎接你们。你们肯定不会以为我们会在毫不防御的情况下建立一个军事基地吧？我们早就做了计划，计划好了一切。所以我们会赢。"

博士微微一笑，说："这个结局似乎不在你们的计划之内。"

那人对此毫不在意。"战争中总会有挫折，这在预料之中。"

"在没有任何警告的情况下，轰炸一艘手无寸铁的民用飞船，这叫'战争'？"

哈特威克看起来很苦恼。"拜托，亲爱的伙计！你这样抠字眼实在不合适。没有任何警告就轰炸的人，似乎是你们才对吧。你们袭击我们的时候，我正准备脱宇航服，要不是运气好，我早就活不成了。我向你保证，我没有收到任何警告。至于你声称你们的飞船是没有携带武器的民用飞船，那我就觉得奇怪了，如果你们没有携带任何比苍蝇拍更致命的武器，那'伽利略号'又怎么能轰炸我们的基地呢？你们美国人真让我吃惊，你们自己干了好事，却总是要迫不及待地谴责别人。"

博士对他这毫无逻辑的长篇大论感到有些无语。罗斯一脸厌恶，似乎要说些什么，博士朝他摇了摇头。

"你刚才的那番话，"他大声说道，"其中的谎言、半真半假的说辞和谬论，比你说过的所有话都多。但我要直截了当地告诉你一点：'伽利略号'没有轰炸你们的基地，它已经被摧毁了。但你的人很大意，我们这才有机会夺下了你们的小飞船，用你们自己的炸弹轰炸了你们……"

"白痴！"①

"他们是很蠢，对吧？但你声称我们在没有警告的情况下轰炸了你们，这也是谎言，你们甚至得到了比你们应得的更多的警告。是你们先动的手，但你们自以为我们不能或不会反击。"

冯·哈特威克正想开口说话。"闭嘴！"博士厉声说，"我受够了你的胡说八道。告诉我，你是怎么拥有这艘美国飞船的。你给我好好说。"

"哦，那飞船啊，我们买的啊。"

"别骗人了。"

"我没有骗人。当然我们不是随随便便走进去就订购了一艘军用太空飞船，然后打包和运送。这笔交易经过了几个人的努力，最终我们的朋友将我们需要的东西交付给我们。"

博士迅速思考着。这是可能的，这种事情应该是真的。他隐约记得一笔订单，订购设计12艘像"沃坦号"这样的宇宙飞船。他之所以记得，是因为报纸称赞这笔订单是美国战后从经济复苏走向繁荣发展的证明。

他想知道，这12艘宇宙飞船是否都真的按宣称的购买目的在运行。

"这就是你们的问题，"冯·哈特威克继续说道，"我们的朋友遍天下，在华盛顿、伦敦也有，是的，甚至连在莫斯科都有。我们的朋友无处不在。这也是我们将会获胜的另一

_____

①原文为德语。

个原因。"

"也许，甚至在新墨西哥州也有吧？"

冯·哈特威克笑了。"这么说就滑稽可笑了，我的朋友。我很喜欢读日报。在我们看到你们有可能会成功之前，我们不会过度吓唬你们。你们及时离开了，算你们运气好，我的朋友。"

"别叫我'朋友'，"博士愤怒地说，"真让我恶心。"

"很好，我亲爱的船长。"

博士对此毫不理睬。阿特和莫里去了很久还没回来，他很担心。附近是否可能还有其他敌人仍然活着，且对方还有能力制造麻烦？

他正想着把俘虏捆起来，扔在这儿，然后去找他们，这时气闸室的门突然被打开了。莫里和阿特走了出来，推搡着面前的另一个俘虏。"他不想来，舅舅，"阿特告诉他。"我们不得不费点劲说服他，"他轻声笑起来，"我觉得他不信任我们。"

"好吧，脱下你的宇航服。"

这个俘虏一看到冯·哈特威克，似乎彻底惊呆了。他急忙解开头盔，扔了回去，然后用德语说："中校，这不是我的错。我是……"

"闭嘴！"冯·哈特威克用德语喊道，"你把这艘飞船的操作方法告诉他们了吗？"

"没有，没有，中校，我发誓！"

"那就装傻吧，不然我就把你的心挖出来！"

博士面无表情地听着这场有趣的简短对话，但这对阿特来说太过分了。"舅舅，"他问道，"您听到了吗？您听到他说他会怎么做了吗？"

冯·哈特威克的目光从侄子转向舅舅。"你懂德语？"他平静地说，"恐怕你是懂的吧。"

男孩们带着他们的俘虏走进来时，罗斯的枪口就没再对准冯·哈特威克。博士则早就把他缴获的手枪插进了腰带里。

冯·哈特威克看看这个，又看看那个。莫里和阿特都手持着武器，一个拿着步枪，另一个拿着左轮手枪，但枪口都对着那名飞行员俘虏。冯·哈特威克突然冲向博士，从他的腰带上夺下了手枪。

他似乎没有停下来瞄准，就开了一枪。然后博士朝他扑过去，试图抓住他的手。

冯·哈特威克用手枪击打他的头，像挥舞球拍一样，然后上前抱住他的腰部。

飞行员俘虏将双手抱在胸口，嘟哝着呻吟了一声，然后瘫在地板上。没有人理会他。在一瞬间因震惊而发愣之后，3个男孩行动起来，试图在不击中博士的情况下向冯·哈特威克开枪。博士的头部被手枪的枪管击中后，他猛地抽搐了一下，然后就整个儿瘫倒下去。冯·哈特威克用一只胳膊托起了在月球上体重只有13千克的博士，然后大声喝道："都别动！"

冯·哈特威克的命令本来是毫无作用的，可是男孩们看到他正用手枪指着博士的脑袋，他们不得不停了下来。"小心点，先生们，"他的语速很快，"我不想伤害你们的船长，而且也不会这么做，除非你们逼我。很抱歉，我是不得已才打他的。他攻击我，我被迫只能这么做。"

"小心！"莫里命令道，"阿特！罗斯！不要开枪。"

"这很明智，"冯·哈特威克称赞他，"我不想跟你们枪战。我唯一的目的就是除掉他。"他指了指飞行员的尸体。

莫里瞥了尸体一眼，问道："为什么？"

"他会把你们想知道的都告诉你们，赌他有骨气，我可输不起。"他停顿了一下，然后突然说，"现在，我又是你们的俘虏了！"手枪从他手中飞了出去，哐当一声落在地板上。

"让博士不要挡着我，"罗斯厉声说道，"我没法开枪打中他。"

"不！"莫里吼叫着，"阿特，收起手枪。罗斯，你照顾好博士。"

"你在说什么？"罗斯反对道，"他是杀人凶手。我要干掉他。"

"不行！"

"为什么不行？"

"好吧，因为博士不想这么做。这个原因足够了。不要开枪。这是命令，罗斯。你照顾好博士。阿特，你把那家伙绑起来。绑紧点儿。"

"会好好绑的！"阿特承诺道。

那个家伙没有反抗，莫里发现自己还有余力去注意罗斯的所作所为。"情况有多糟？"他弯下腰俯看着博士问道。

"我想还不算太糟。等我把这些血擦掉后，我会看得更清楚。"

"你们可以在控制面板下面的工具箱里找到纱布之类的东西。"冯·哈特威克漫不经心地说,好像自己还没被捆起来似的。

"去拿过来,罗斯,"莫里指挥道,"我来看着他。"他又对冯·哈特威克说:"他死了对你没有任何好处!如果他死了,你就得出去,不许穿宇航服。给你一枪倒是太便宜你了。"

"他不会死的。我击打的时候很小心。"

"你最好祈祷他不会死。他要是死了,你也多活不了几分钟。"

冯·哈特威克耸耸肩说:"要威胁到我几乎是不可能的。我们现在都是死人。你也意识到了,对吧?"

莫里若有所思地看着他。"绑好了吗,阿特?你确定他被绑得很紧了吗?"

"如果他想挣脱的话,肯定会窒息而死。"

"很好。现在,"他继续对冯·哈特威克说,"你可能已经是个死人了,这点我不好说。但我确定我们不是。我们要驾驶这艘飞船返回地球。你最好表现好点,那样我们可能会带上你。"

冯·哈特威克笑了。"很抱歉让你的希望破灭了,亲爱的孩子,我们谁也回不去了。这就是我不得不干掉我那位宝贵的飞行员的原因。"

莫里转过身去,突然意识到没有人费心去及时查看那个飞行员的严重伤势。他很快就确定了，那人心脏中弹，死了。

"我看不出这有多要紧，"他告诉冯·哈特威克，"我们还有你。你会说的，否则我就把你的耳朵割下来。"

"这真是酷刑，"他回答说，"但你这么做没用。如你所见，我什么都没法告诉你，我不是飞行员。"

阿特盯着他看。"他在跟你开玩笑，莫里。"

"不，"冯·哈特威克否认道，"我没有。试着割下我的耳朵吧，那样你们就会知道了。不，我可怜的孩子们，事实上，我们全都要在这里待上很长一段时间，直至我们都腐烂掉。帝国万岁！"

"别动他，阿特，"莫里警告道，"博士会不高兴的。"

第十八章
指挥官的日记

当罗斯为卡尔格雷福斯博士头皮上的伤口擦拭消毒剂时，博士已经清醒了，嘴里还骂骂咧咧的。

"别动，博士！"

"我没动，别紧张。"

他们一边给他包扎，一边向他汇报最新情况。"那个混蛋以为自己能糊弄我们，"最后，罗斯说，"他以为如果没有人教我们，我们就无法驾驭这艘飞船。"

"他说得可能完全没错，"博士承认道，"到目前为止，我们被难住了。我们拭目以待吧。把他扔到货舱里，然后我们再来研究一下。莫里，你没让他们一枪崩掉他，这事做得对。"

"我觉得，在您把他的情报都榨出来之前，您是不会让他死的。"

博士给了他一个奇怪的微笑。"这不是你唯一的理由，对吧？"

"这个——唉！"莫里似乎有些尴尬，"我不想在他手无寸铁的时候把他干掉。"

博士赞许地点点头。"是的。这也是他们以为我们软弱的原因之一。但我们会给他一个小惊喜。"他站起来，走过去，用脚趾碰了碰冯·哈特威克。"你！听我说。如果能飞回地球，我会带你回去接受审判。如果不可能，我们就在这里审判你。"

冯·哈特威克扬起眉毛："就因为向你们宣战？多么让人愉快的做派啊！"

"不，不是因为你们曾发动战争。现在没有任何战争，从你们的帝国永远消失的那刻起就没有了。今天，我们两国之间实现了和平，不管有多少无足轻重的'歹徒'还隐藏在其中。你将因谋杀你的同伙——躺在那里的可怜的傻瓜而受审。"他转过身去又说道："把他扔到货舱里，伙计们。来吧，罗斯。"

3个小时后，博士才真正愿意承认冯·哈特威克说的没错，"沃坦号"的操作方式不是新手能够轻易掌握的。驾驶座椅的扶手上有一些奇怪的控制装置，肯定是飞行控制装置，但无论他们如何扭动、转动或移动这些装置，飞船一点动静都没有。驱动装置本身被密封在一块隔板后面，从它被击打时发出的声音判断，隔板有几厘米厚。

博士怀疑即使用切割钢铁的火焰，也未必能穿透它。他无论如何都不愿意尝试这样做，通过这种切割来解开这艘飞船的奥秘，很可能会导致这艘飞船瘫痪，无法修复。

飞船上应该有一本操作手册。他们都在寻找它。他们打开了任何可以打开的东西，钻到任何可以钻的东西下方，提起了所有可以移动的东西，都没有找到操作手册。

这次搜索还让他们发现了另外一件事——飞船上没有食物。而食物正变得越来越重要。

"够了，小伙子们，"确定进一步的搜索毫无用处之后，博士宣布道，"我们接下来去他们的营房找找看。我们会找到它的。更不用说食物了。你和我一起去，莫里，去挑一些杂货。"

"我也去！"阿特喊道，"我去拍一些照片。月球人！哦，天哪！"

博士满心遗憾，他多么希望自己也能像阿特一样年轻，如此一来，自己满腔的忧愁就会即刻消散。"好吧，"他表示同意，"但你的相机在哪里？"

阿特的脸垮了下来。"在'狗屋'里。"他承认道。

"那我想，拍照片只能等一等了。但你一起来吧，下面的电子设备多得很，也许用无线电跟地球联系会变得很容易。"

"我们为什么不都一起去呢？"罗斯想知道，"我发现了废墟，但我还没有机会去看一眼。"

"对不起，罗斯，你必须留下来看着那混蛋。他对这艘飞船的了解可能远不像他招供的那样。我不愿意在走上楼梯时发现飞船不见了。看住他。告诉他，如果他敢动一下，你就会揍他，你要说到做到。"

"好吧。我倒希望他能动一动。你们要离开多久？"

"如果2个小时内找不到操作手册，我们就会回来。"

博士首先搜查了军官的房间，因为这里似乎是最有可能找到手册的地方。他没有发现手册。接下来是营房。营房同样令人感到沮丧，但他已经做好了心理准备。阿特被分配到无线电和雷达室，莫里则去了其他地方。除了他自己，他似乎没理由让任何人去接触膨胀的尸体。

他在营房里一无所获。出来之后，他在耳机里听到了阿特的声音。"嘿，舅舅，来看看我发现了什么！"

"是什么？"他问道，但立刻被莫里的声音打断了。

"找到手册了吗，阿特？"

"不是手册，快过来瞧啊！"

他们聚集在中央大厅里。阿特发现的是一台格拉菲相机①，相机完好且配有闪光灯。"无线电室旁边有一个完整的暗房，我是在那里找到它的。怎么样，舅舅？可以拍照片了吧？"

"好吧，好吧。莫里，你继续吧——这可能是你看到废墟的唯一机会。30分钟。不要走太远，别摔断脖子，不要冒险，准时回来，否则我会拿着信号枪去追你们。"他懊悔地看着他们走开，如果不是深知眼前任务紧迫，他自己也想去放松一下……

但他确实很清楚，于是强迫自己重新开始了沉闷的搜索。

情况非常不妙。如果操作手册存在，他不得不承认他不知道怎么找到它。当男孩们回来的时候，他还在寻找着。

他瞥了一眼手表。"40分钟，"他说，"比我预想的快

---

①格拉菲相机：摄影史上最有影响力的单反相机，1898年由威廉·F.福尔默和威廉·E.施温所发明。

啊，我原以为我还得去找你们呢。你们有什么发现？有拍到好照片吗？"

"照片？我们有照片！您就等着看吧！"

"我从未见过这样的地方，博士，"莫里意犹未尽地说道，"这个地方是一座城市，一直往纵深延展。有巨大的拱形大厅，数百米宽，走廊四通八达，还有房间、阳台——真的无法形容。"

"那就别形容了。我们一回去，你就把看到的东西通通写到笔记上。"

"博士，这地方太棒了！"

"我也感觉到了。但它太大了，我暂时还不打算去了解它。想要活着离开这里，我们还有很多工作要做。阿特，你在无线电室里发现了什么？有什么东西能用来跟地球联络吗？"

"这个，舅舅，还很难说，但那些东西看起来不大能用。"

"你确定吗？我们知道他们一直在跟地球保持联络，至少我们那位讨厌的假惺惺先生是这么说的。"

阿特摇了摇头。"我以为您是说他们接收来自地球的信号。我找到了他们的设备，但我无法测试，因为我无法把耳机放进我的宇航服里。我不知道他们是怎么把信号发送到地球上的。"

"为什么不呢？他们需要双向传输。"

"也许他们需要它，但他们用不起来。您看，舅舅，他们可以从地球基地向月球发送信号。一切都没问题，因为只有他们自己接收信号。但如果他们在月球这一端试图往回发信

号，他们便无法选择地球上某个确切的位置。距离这么远，信号会呈扇形扩散开，然后会覆盖更多的地方——这就像广播一样。"

"哦！"博士说，"我开始明白了。给你自己加1分，阿特。我本该想到的。不管他们用什么密码，如果人们开始接收到来自月球的无线电信号，他们的秘密就暴露了。"

"反正这就是我的想法。"

"我认为你说得很对。我很失望，我居然开始把希望都寄托在发送信息上。"他耸了耸肩，"好吧，事情要一件一件做。莫里，你挑出你想拿的补给品了吗？"

"都放好了。"他们跟着他走进厨房，发现他已经堆了三堆锡罐，数量多得足够三个人满载而归。他们正往怀里塞这些东西时，莫里问道："这里有多少人，博士？"

"我数了一下，有47具尸体，还不算冯·哈特威克杀死的那个飞行员。怎么了？"

"嗯，我注意到了一件有趣的事情。自从我开始打理伙食，我就培养出了一点估算口粮的眼力。这里没有足够的食物让这么多人维持两周。这是不是意味着某种情况？"

"哦……听着，莫里，我想你发现了一件重要的事情，这就是冯·哈特威克如此得意扬扬的原因。他不只是在虚张声势，给自己壮胆，他实际上是指望自己能获救。"

"您这话是什么意思，舅舅？"阿特想知道。

"他在等一艘补给飞船，飞船随时会到。"

阿特吹了声口哨。"他以为我们会遭到突袭！"

"我们本来会这样，但现在不会了。"他放下了他的那堆杂货，"跟我来。"

"去哪里？"

"去军官的房间，我想起了一些事情。"在搜查军官宿舍时，他发现了许多文件、书籍、手册、记录本和各种各样的文档。他匆匆把它们都看了一遍，只为确定其中有没有任何关于如何操控"沃坦号"的线索。

其中一本是特遣部队指挥官的日记。除了记录其他事项，它还提供了德国人地球基地的位置。博士之前把它标记为日后想要研究的东西，现在他决定马上去研究。

日记很长。里面事无巨细地记录了近3个月的情况，彰显着德国人做事一丝不苟的精神。他读得很快，阿特的目光越过他的肩膀，也跟着读起来。莫里不耐烦地站在旁边，最后他指出，他们答应罗斯回去的时刻到了。

"去吧，"博士心不在焉地说，"带上食物，开始吃饭吧。"他继续读着。

有一份这伙人的花名册。他发现冯·哈特威克被列为执行军官。他注意到那家伙声称不了解"沃坦号"的操作方法，纯属撒谎。即使没有证据，仅凭一种强有力的直觉，他就知道那家伙一定会满嘴跑火车。

他发现他要找的东西了。每个月都会有飞船送来补给。如果他们按时间表行事——而且补给品的情况也确切地表明了这一点——下一艘补给飞船应该在六七天后到达。

但直到他读完日记，他才确定了最重要的事实：他们手中不止一艘大型宇宙飞船。"沃坦号"不打算离开这里去获得补给。如果按照时间表，它要等到补给飞船降落才会离开。那时，"沃坦号"将空船返回，而另一艘飞船则会留下。在这样的安排下，月球上的这伙人就会始终拥有逃跑的机会——或者，至少，这就是他能够读到这本日记的原因。

他们有两艘月球宇宙飞船，也只有两艘——"沃坦号"和"雷神号"。根据他的估计，"雷神号"大约将在一周后到达，这意味着它应该在五天后离开它的基地。每次旅行的交接时间都已记录在案，根据记录，地月之间的飞行需要46个小时。

"速度很快！"他想。

如果"雷神号"已经起飞，那就来不及传达善意了，警告也可能为时已晚。德国人当然意识到太空飞行技术现在已经是公开的秘密。"伽利略号"一次又一次地被提到，包括最后一次记载，说的就是它已经被找到了。"雷神号"肯定会在合适的时机尽早发动袭击。

他的脑海中浮现出附近洞穴里那一排排的核导弹，甚至仿佛看到它们击中了地球上毫无防御能力的城市。

没有时间装配一个强大的发射器了。除了采取极端手段，没时间再做其他任何事情！

恐怕时间不够了，他很害怕！

第十九章
返回地球

　　"开饭了！"当卡尔格雷福斯博士匆匆走进"沃坦号"时，莫里向他打招呼。博士边脱宇航服边回答道：

　　"没时间吃了——不，给我两块三明治。"

　　莫里照办了。罗斯问道："什么事这么急？"

　　"去看看俘虏。"他转身就要离开，然后又停了下来，"不，等等。伙计们，过来。"他示意他们像足球运动员那样围成一圈。"我要试试看……"他急切地小声说了几分钟，"现在好戏开始了，我把门开着。"

　　他走进货舱，用靴子捅了捅冯·哈特威克。"你……醒醒。"他咬了一口三明治。

　　"我醒着呢。"冯·哈特威克艰难地转过头来，他被捆着，脚踝和手腕拉向一起，被绑在身后。"啊，食物，"他兴致勃勃地说，"我想知道你什么时候记起了要优待俘虏。"

　　"这不是给你的，"博士告诉他，"另一块三明治也是我的。你不需要三明治。"

　　冯·哈特威克看上去来了兴致，但并不害怕。"所以呢？"

"没有，"博士用袖子擦着嘴说，"不给你。我本来打算带你回地球上受审的，但我发现我没时间了。我现在要亲自审判你。"

冯·哈特威克耸耸肩。"你可以为所欲为。我毫不怀疑你打算杀了我，但不要以审判的名义来美化它。应该叫滥用私刑。你要对自己诚实。首先，我的行为是完全正确的。没错，我被迫射杀了我的一个同伴，但这是一项必要的紧急军事措施……"

"那是谋杀。"博士插话道。

"为了保卫帝国的安全，"冯·哈特威克不慌不忙地继续说道，"无论如何，都与你无关，这事发生在我自己的飞船上。至于轰炸你的飞船，我已经向你解释过了……"

"闭嘴，"博士说，"稍后你会有机会说话的。法庭正在开庭。实话告诉你，整个月球都受联合国法律的管辖。我们正式拥有了这里，并在此建立了一个永久基地，因此……"

"太迟了，私刑法官。3个月前，新帝国已经宣布了对这个星球的所有权。"

"我告诉过你，要保持安静。你这是藐视法庭。你要是再敢插嘴，我们就会想办法让你保持安静。因此，作为根据联合国法律注册的飞船的船长，我有责任确保这些法律得到遵守。你所谓的宣布根本不合法。新帝国完全不存在，更无法宣布拥有任何东西。你和你的恶棍同伴们不是一个国家，不过只是一伙歹徒。我们没有义务也不可能认同你的异想天开。莫里！再给我一块三明治。"

"马上来，船长！"

博士继续说道："作为'伽利略号'的船长，我们独自离开地球来到这里，我必须代表政府行事。由于我没时间带你回地球受审，我现在就可以审判你。有两项指控：一级谋杀罪和海盗罪。"

"海盗罪？我亲爱的伙计！"

"海盗罪。你参与袭击了一艘在联合国注册的飞船，你自己也承认了，不管下达命令的是不是你。海盗飞船的所有成员都同样有罪，这是死罪。一级谋杀是另一桩死罪。谢谢你的三明治，莫里。你在哪里找到新鲜面包的？"

"是罐装的。"

"这些人真聪明。我还拿不定主意，是指控你犯了一级谋杀罪还是二级谋杀罪。但考虑到你在射杀你的同伙之前，先从我身上抢走了枪支，所以这肯定是有预谋的犯罪。因此你被指控犯有海盗罪和一级谋杀罪。你怎么申辩？认罪还是不认罪？"

冯·哈特威克犹豫了一下，回答道："我不承认这个所谓法庭的审判权，我拒绝认罪。即使我做出让步——当然我是不会让步的——即使像你声称的那样，这里真的是联合国的领土，但你仍然不能代表法庭。"

"船长在紧急情况下拥有非常广泛的权力。"

冯·哈特威克扬起眉毛。"我看出来了，审判开始前我就被定罪了。"

博士若有所思地咀嚼着三明治。"从某种意义上说，确实如此，"他承认道，"我想给你安排一个陪审团，但我们真的不需要。你看，不需要确认任何事实，因为所有事实都是确凿无疑的。我们都在现场。唯一的问题是：根据法律，这些事实构成了什么罪？如果你有意见，这是你发言的机会。"

"我为什么要费这个劲呢？你们这些美国人，口口声声宣扬在正义和法律面前人人平等，但你们自己却不践行。你们冷血地杀害了他们，没有给他们任何机会——反过来却说我犯了海盗罪和谋杀罪！"

"我们以前讨论过一次，"博士很认真地回答道，"根据自由人的法律，无端攻击和自卫反击有天壤之别。如果一伙抢劫犯在黑暗的小巷里袭击了你，你不必得到法庭许可就可以反击。接下来，你还有什么虚假的借口吗？"

那人保持沉默。"说吧，"博士坚持道，"你还可以以精神错乱为由不认罪，你甚至可能说服我。你也许会让我相信，从法律意义上讲，你也疯了。"

冯·哈特威克似乎第一次感到了崩溃。他涨红了脸，看起来快要气炸了。最后，他重新控制住情绪，怒气冲冲地说："我们不要再演这出闹剧了。你想做什么就做吧，别再逗我玩了。"

"我向你保证，我不是在逗你玩。你还有什么要为自己辩护的吗？"

"没有！"

"那我裁定你的两项罪名都成立。宣判前，你有什么话要说吗？"

被告没有屈尊回答这个问题。

"很好。我宣判你死刑。"

阿特猛然倒吸了一口凉气，从门口退了出去，他本来一直跟罗斯和莫里挤在那里，瞪大眼睛听着。周围没有其他声音。

"行刑前，你还有什么要说的吗？"

冯·哈特威克转过脸来。"我并不感到遗憾。至少我会死得痛快。你们四个卑鄙之徒所能希望的最好归宿，却是慢慢地受尽折磨而死。"

"哦，"博士说，"我本来打算向你解释的。我们不会死。"

"你觉得不会吗？"他的声音里流露出毫不掩饰的得意。

"我确信。你看，'雷神号'还有六七天就到了……"

"什么？你是怎么发现的？"这个俘虏似乎愣了一下，然后喃喃自语道，"没关系……你们四个人……但我明白你为什么决定杀我了。你害怕我会逃走。"

"完全不是，"博士回答道，"你不明白。如果可行的话，我会带你回到地球，让你向更高一级的法院上诉。不是为了你——你本来就有罪！我是为了我自己。然而，我又觉得这是不可能的。在'雷神号'到达这里之前，我们都会很忙，就算关押着你，我也没办法确保安全，除非有人时刻看守你。我不能那样做，我们的时间不够了。但我不希望让你逃脱惩罚。我也没有牢房可以把你关进去。我本来打算抽干你们那艘小飞船的燃料，然后把你放在里面，不让你穿宇航服。那样，我们工作的时候，单独留下你就是稳妥的。但是，现在'雷神号'要来了，我们需要那艘小飞船。"

冯·哈特威克阴森地笑了笑。"你以为你们跑得了吗？那艘飞船永远不会带你们回家。难道你到现在还没有发现？"

"你还是不明白。保持安静，听我解释。我们要拿走几枚你们袭击'伽利略号'时使用的炸弹，然后炸毁存储导弹的房间。真遗憾，因为我知道那还是月球原住民建造的房间之一。接着我们要炸毁'沃坦号'。"

"炸毁'沃坦号'？为什么？"冯·哈特威克突然警觉起来。

"为了确保它永远不会飞回地球。我们操控不了它，也不能让它落入他人之手。与此同时，我们还打算炸毁'雷神号'。"

"'雷神号'？你们不能炸掉'雷神号'！"

"哦，是的，我们可以——就像你炸毁'伽利略号'一样。但我不可能让'沃坦号'落到幸存者手里，所以必须先毁掉它。这与你为什么必须立即被处死有很大关系。我们炸毁'沃坦号'后，就要回到我们自己的基地——你不知道这个基地，对吧？不过那只是一个房间，没有关战俘的地方。正如我所说的，我本来打算把你关进小飞船里，但我们需要炸掉'雷神号'，就改变了这一计划。我们必须留下一名飞行员待在我们的基地里，直到'雷神号'降落。而那样也就没有你的容身之地了。很遗憾。"他说完，笑了笑。

"有什么问题吗？"他又问道。

冯·哈特威克开始显得很紧张。"你们或许会成功……"

"哦，我们会的！"

"但就算你们那样做了，你们仍然难免一死。我会速速死去，但对你们来说，那将通向一条漫长而又备受折磨的死亡之路。如果你们炸毁了'雷神号'，你们就失去了最后的机会。想想看，"他继续说道，"饿死、窒息或冻死。我想跟你们做个交易。你现在放了我，我会对你们网开一面。'雷神号'到达时，我会代你们向船长求情。我会……"

博士做了个手势，打断了他的话。"德国人的承诺算什么！就算是你自己的祖母，你都不会为她求情！你那糨糊脑袋还没有想明白，所有优势都在我们手里。我们杀了你，又收拾了你的战友们之后，我们将坐在整洁、舒适和温暖的房间里，那儿有充足的食物和空气，直到我们被接走。我们甚至不会感到孤独，当你们收到我们在这里的信号时，我们用来给地球发送信号的发射器刚好完成了装配。我们会……"

"你撒谎！"冯·哈特威克喊道，"没人会来接你们。你们的飞船是美国唯一的一艘宇宙飞船。我知道，我知道。我们有过完整的报告。"

"它曾经是唯一的一艘宇宙飞船，"博士愉快地笑了笑，"但是，根据一条你不会理解的古老法律，从我们起飞的那一刻起，我们的飞船的建造计划、图纸和笔记就已经被大家迅速地研究起来了。此后不久，我们都可以挑选自己喜欢的飞船了。我不想让你失望，我们会活下去的。但恐怕我又不得不让你失望，你的死不会像你希望的那样爽快。"

"你这是什么意思？"

"我的意思是，我不会开枪打死你，那会弄得飞船上血光四溅。我会……"

"等等。一个垂死者的最后请求有权被满足。把我留在'沃坦号'上，让我和我的飞船一起消失吧！"

博士对着他放声大笑。"自作聪明的冯·哈特威克。好让你开着它飞走吗？没门儿！"

"我不是飞行员——相信我！"

"哦，我相信。我不会怀疑垂死之人的遗言，但我也不会冒这个险。罗斯！"

"是的，长官！"

"把这东西扔到月球表面上去。"

"非常乐意！"

"就这样了。"博士一直是蹲着的，他站起身来擦去手上的面包屑。"我甚至不会把你解开，以便你可以以一个舒服的姿势死去。你太擅长夺枪了。你就只能像现在这样胡乱扑腾，可能用不了很久。"他继续说道，"他们说这就像溺水一样，七八分钟后，你就什么都不知道了，除非你的心脏在你的肺部破裂，让你早点完蛋。"

"卑鄙！"

"真正卑鄙的是你。"

罗斯正忙着把宇航服的拉链拉上。"行了吗，博士？"

"去吧。不，我再想想，"他补充道，"我自己亲自来吧。让一个小伙子去干这种事，我可能会受谴责。把我的宇航服拿来，莫里。"

他们帮他穿宇航服时，他吹起了口哨。他一边吹着口哨，一边像拎挎包一样抓起捆着冯·哈特威克手腕和脚踝的那根绳子，步履轻快地走向气闸室。他把他扔到自己的前面，走了进去，向男孩们挥手说："我马上回来！"然后，门砰的一声关上了。

当气闸室里的空气呼啸着排出时，冯·哈特威克开始大口喘气。博士对他笑了笑，说："通风不错，对吧？"他大声喊着，好让自己的声音透过头盔传出去。

冯·哈特威克的嘴动了动。

"你说什么了吗？"

他再次张开嘴巴，大口喘息，哽咽着，嘴里的泡沫喷在胸口上。"你得大点声，"博士喊道，"我听不见。"空气继续呼啸着往外排。

"我是飞行员！"

"什么？"

"我是飞行员！我可以教你……"

博士伸手关上了排气阀。"太吵了，我听不见。你刚才说什么？"

"我是飞行员！"冯·哈特威克喘着粗气说。

"是吗？那又如何？"

"空气。给我空气……"

"怎么搞的，"博士说，"你有足够的空气，我还能听到你说话。这里一定还有两三千克空气。"

"给我空气。我会告诉你它的工作原理。"

"你先告诉我。"博士说着，又朝排气阀伸出手去。

"等等！有一个小插头，在仪表的后……"他停顿了一下，喘着粗气，"仪表板后面，右舷位置。是个安全开关。你不会注意到它，它看起来就像一个安装螺柱。你把它推进去。"他停下来又喘了口气。

"我想，你最好带我去看看，"博士一本正经地说，"如果你不再撒谎，就是给了你自己一个机会，让我把你带回地球去上诉。倒不是说这是你应得的。"

他伸手猛拉溢流阀，空气又回到了气闸室里。

10分钟后，博士坐在"沃坦号"控制室左侧的飞行员座椅上，系好了安全带。冯·哈特威克坐在右边的椅子上。博士左手拿着一支手枪，把它放在右臂的弯曲处，这样即使在驾驶飞船的时候，枪也可以一直指着冯·哈特威克。

他喊道："莫里！大家都准备好了吗？"

"准备好了，船长！"船尾隐约传来了一句。男孩们被迫使用客舱的加速铺位。他们对此很反感，尤其是莫里，但反感也没用，控制室在加速的情况下只能容纳两个人。

"好！我们出发！"他再次转向冯·哈特威克，"扭转船尾。"

冯·哈特威克瞪了他一眼。"我不相信，"他慢慢说道，"你曾经想过会经历这一切。"

博士咧嘴一笑，揉了揉椅子的扶手。"想回去好好瞧瞧吗？"他问道。

冯·哈特威克把头转向前方。"注意！"他喊道，"准备加速！准备……"不等众人回应，他就起飞了。

这艘宇宙飞船因为载重轻而有足够的动力。博士让他将飞船以2g的加速度坚持飞行5分钟，然后就开始自由飞行。那时，他们在前5分钟内都以近20米每秒的速度进行加速，即使考虑到一开始因月球引力造成的1/6g的损失，他们的速度也达到了约19000千米每小时。

若不是必须减速才能降落，它们本可以轻松地在20个小时内掠过地球。博士计划在24个小时之内到达地球并完成降落。

进入自由落体状态后，男孩们走进控制室。博士要求冯·哈特威克详细讲解飞船的操作方法，他感到满意之后说道："好吧。罗斯，你和阿特把俘虏带到船尾，把他绑在一个铺位上，然后你们都系好安全带。莫里和我打算练习一下飞行。"

冯·哈特威克开始抗议。博士打断了他的话。"省省吧！你没有得到任何赦免，我们只不过是在请教你。你还是一个要回去上诉的普通犯人。"

在接下来的几个小时里，除了吃饭的时间，他们都在飞船上好好研究。他们在轨道和速度方面的练习没有取得任何成效，又对仪器进行仔细检查，以确认一个方向的驱动力是否被相反方向的同等驱动力抵消。然后他们就睡着了。

他们需要睡眠。等他们睡足了，醒来就会进入一个完整的"地球日"。

他们醒来时，博士喊了喊阿特："小子，你能用这些设备来联络地球吗？"

"我会尽力的。您想让我说什么？您想和谁谈谈？"

博士思虑着。地球就在前方，闪闪发光。德国人的基地不在直接视距范围内。他觉得时机很合适。"最好联络澳大利亚的墨尔本，"他决定，"告诉他们这……"

阿特点点头。几分钟后，在掌握了这些陌生设备的操作技巧后，他一直不停地重复道："'底特律号'宇宙飞船呼叫墨尔本联合国警察巡逻队，'底特律号'宇宙飞船呼叫墨尔本联合国警察巡逻队……"

他足足呼叫了25分钟，这时一个声音抱怨似的回答道："墨尔本帕克斯，墨尔本帕克斯，呼叫'底特律号'宇宙飞船。过来吧，'底特律号'。"

阿特举着一部电话，一脸无助。"舅舅，您最好亲自和他们谈谈。"

"你继续。照我说的告诉他们。这是你的任务。"阿特闭嘴照做了。

莫里小心翼翼地让飞船下降，慢慢地把它送入大气层外的一个近地圆形轨道。他们的速度仍然接近8000米每秒，绕行地球一周不超过90分钟。在那条轨道上，他慢慢地降速，并谨慎地下降，直到"底特律号"——即"沃坦号"的短翼开始接触脆弱的平流层，发出一声令人不寒而栗的尖叫。

他们再次进入太空，然后又返回，每次都更接近地面，速度也更慢。在第二轮降速绕行时，他们听到了联合国巡逻队突袭德国人的巢穴和缴获"雷神号"飞船的广播报道。在下一圈的轨道上时，两家连锁公司竞标在太空的独家广播权。第三圈

时，地面上出现了电视转播权的讨价还价。第四圈时，他们接到官方的指示，让他们在华盛顿哥伦比亚特区火箭港降落。

"想让我把它降落吗？"莫里在让人毛骨悚然的飞船尖鸣声中大声喊道。

"你尽管去做，"博士向他确认，"我是个老人了，我想要个司机。"

莫里点了点头，开始着陆。此刻，他们在堪萨斯州上空的某个地方。

飞船下方，火箭发射场的地面让人感觉奇怪而坚实。11天……只有11天？他们必须重新适应地球的巨大引力。卡尔格雷福斯博士发现自己走路有点踉跄。他打开气闸室的内门，等着男孩们站到他身边。他让内门敞开着，又走到外门，打开了气闸室。

　　当他打开它的时候，迎面而来的是密集的、宛如一堵墙似的热切目光，正在仰望着他。闪光灯像炽热的闪电一样闪烁。他转身看向罗斯。"天哪！"他说道，"太可怕了！我说，难道你们不想鞠躬谢幕吗？"

关于作者和作品

  《"伽利略号"火箭飞船》的作者是美国著名科幻作家、硬科幻小说大师罗伯特·海因莱因（Robert A. Heinlein，1907—1988）。海因莱因不仅被誉为"美国现代科幻小说之父""美国科幻空前绝后的优秀作家""美国科幻黄金时代四大才子之一"，还与阿瑟·克拉克、艾萨克·阿西莫夫并称为"科幻小说黄金时代三巨头"，同时也是获得美国科幻与奇幻作家协会首届大师奖的科幻作家。他重新定义了科幻写作，代表作有《星船伞兵》《星际迷航》《严厉的月亮》《双星》《银河系公民》《银河行商》等。

  《"伽利略号"火箭飞船》是海因莱因专为青少年创作的优秀科幻作品之一，讲述三个男孩和一位博士驾驶自制的火箭飞船一同登月探险的精彩故事。

  为了实现登月梦想，物理学家、工程师唐纳德·卡尔格雷福斯博士与作为火箭"发烧友"的三个大男孩——阿特、莫里、罗斯一起经过艰苦卓绝的努力，成功地把一枚火箭改造为一艘可以登月的飞船，将其命名为"伽利略号"。在博士成功试飞后，他们立刻踏上了飞往月球的旅程。三天后，他们顺利登陆月球，并在月球上搭建了"狗屋"，作为他们的月球基地。当他们装配无线电，尝试与地球通信时，却意外收到了来自月球的信号……难道已经有人先他们一步登上了月球？对方是敌是友？是人类、月球人，还是外星人？他们四人又将面临怎样的命运？

整部作品鲜明地展现了海因莱因独特的写作风格：个性鲜明的人物形象、怪诞离奇的故事情节、扣人心弦的叙事节奏、充满细节的生活场景和详细扎实的科学知识，同时融入作家对科技进步的坚定信心、对星际探索的强烈渴望、对人类精神力量的充分肯定等。读者在阅读这部作品后，会由衷地相信：向往宇宙星空的人，终有一天会改变我们的世界；在广袤黑暗的太空中，人虽然孤独又渺小，但勇敢而伟大！

《"伽利略号"火箭飞船》出版后风靡一时，影响了整整一代的年轻人，其中许多人后来帮助美国实现登月之梦。

另外，特别值得一提的是，由《"伽利略号"火箭飞船》改编的电影《登陆月球》是美国第一部现代科幻电影，获得1950年第23届奥斯卡最佳特效奖。英国科幻作家阿瑟·克拉克曾评价说："非常激动人心……好莱坞终于在天文学家和火箭专家的充分合作下，就登月主题拍摄了一部严肃而科学准确的电影。"